독서의 궁극
# 서평 잘 쓰는 법

생애가을 01

**독서의 궁극 서평 잘 쓰는 법**

**초판 1쇄 발행** 2020년 6월 1일
**2판 1쇄 발행** 2023년 4월 18일
**지은이** 조현행
**펴낸이** 최혜정
**펴낸곳** 도서출판 생애
**출판등록** 2019년 9월 5일
　　　　　제 377-2019-000077호
**주　소** 수원시 팔달구 권광로 373
**메　일** saengaebook@naver.com
**디자인** 디자인집 02.521-.1474
**ISBN** 979-11-970261-1-9

**생애가을**은 도서출판 생애의 '책을 위한 책'입니다. 가을 열매처럼 잘 익은 사유들을 담습니다.

더 행의 독서의 궁극 series 01

# 독서의 궁극
# 서평 잘 쓰는 법

읽는 독서에서 쓰는 독서로

조현행 지음

생애

# 목차

프롤로그
읽는 인간에서 쓰는 인간으로

책을 좋아하는 사람들은 둘로 나뉘는 게 아닐까 생각합니다. 읽는 인간과 쓰는 인간. 대다수의 사람들은 읽기만 하지만 쓰기까지 나아가는 적은 수의 사람들이 분명 있습니다. 모두 책을 좋아한다는 공통점이 있지만, 읽는 사람과 쓰는 사람의 차이는 크다고 할 수 있는데요. 책을 읽고 내용을 정리하고, 자신의 생각과 느낌을 쓰는 사람들은 무엇이 다를까요? 저는 이 책에서 그 차이가 무엇인지 짚어보고 설명해 보려 합니다. 그리하여 마침내 '독서의 궁극'에 도달하기 위해서는 어떻게 해야 하는지를 그동안의 경험에 비추어 풀어내고자 합니다.

좀 거창하게 말해보겠습니다. '독서의 궁극'을 위해서 우리는 '무엇을 해야 하는가?'에 대한 답을 한마디로 정리해 보자면, 아래와 같습니다.

"읽기만 하면 날아가고, 쓰면 남는다."

읽었으면 써야 합니다. 일 년에 100권을 읽어도, 그저 읽기만 했다면 무용합니다. 백날 읽어봐야 아무 소용이 없다는 말입니다. 왜 그럴까요? 그것은 쓰기가 가진 효과 때문입니다. '쓰기'는 책의 내용을 되새기게 하고, 이해하고, 생각하게 합니다. 또 나아가 자신의 삶을 성찰하게 하죠. 읽는 인간에서 생각하는 인간으로 변환시키는 것입니다.

실로 '쓰기'의 힘은 놀랍습니다. 하다못해 책의 내용을 '발췌'하기만 해도 달라지는 점이 많다는 것을 해본 사람은 경험으로 알고 있습니다. 발췌는 책에서 중요하다고 생각하는 부분을 노트에 그대로 옮겨 적는 행위인데, 발췌를 통해 우리는 책의 내용을 더 정확히 이해할 수 있고, 생각을 깊이 있게 확장할 수 있으며, 나아가 글쓰기 실력까지 향상시킬 수 있습니다. 그러나 책을 읽기만 하면, 책에서 얻은 유익한 점들은 우리에게 깊은 인상을 남기지 못하고 흘러가는 시간과 함께 내 머릿속에서 지워져 버립니다. 이것은 부정할 수 없는 사실입니다. 읽기만 하는 독서는 '휘발되는 독서'입니다. 그러나 글쓰기를 하면 그것은 정신에 지문을 남기고 이윽고 내 삶의 재산이 됩니다. 물론 쓰기를 해도 시간이 지나면 날아갑니다. 그러나 읽기만 했을 때보다는 더 오래, 깊이 남길 수 있습니다. 이것이 우리가 책을 읽는 데서 그치지 않고 '쓰기'를 해야 하는 이유입니다.

그래서 '독서의 궁극'에 도달하기 위해서는 써야만 합니다. '독서의 궁극'이란 어떤 의미일까요? 우리가 책을 읽는 이유 중 하나는 어제보다 '더 나은 인간'이 되기 위해서입니다. 책을 읽었다면 조금이라도 유익함이 있어야 하지 않을까요? 좋은 책을 읽었는데, 어제의 나와 별반 다르지 않다면 도대체 책을 읽는 이유를 어디에서 찾아야 합니까? 내 생각과 행동이 변화되는 독서, 세상을 바라보고 이해하는 안목을 갖추게 하는 독서, 그리하여 어제보다 조금 '더 나은 인간'이 되게 하는 독서는 '쓰기'로 가능해집니다.

이렇게 '쓰기'를 강조하게 된 계기는, 독서 행위 전반에 대한 의문이 생기면서부터입니다. 제가 만난 독서가들 중에는 엄청난 독서이력을 자랑하는 사람들이 꽤 있습니다. 그런데 그들 중 일부의 삶은 책이 주는 메시지와는 상당히 달랐습니다. 자타가 공인하는 독서가임에도 성공을 위한 수단으로 책을 읽거나, 자신의 이익만을 위해서 혹은 자신의 지식을 뽐내고 다른 사람을 무시하기 위한 도구로써 책을 읽는 경우가 많았습니다. 그들에게 독서는 목적을 이루기 위해 필요한 수단일 뿐이었습니다. 그들을 보면서 저는 생각했습니다. "아, 책을 많이 읽는다고 해서 무조건 좋은 사람이 되는 것은 아니구나.", "그렇다면 어떻게 해야 하지?"라는 의문이 들었던 것이죠.

다행스럽게도 "결국 아무 소용없으니, 앞으로 책을 읽지 말자."라는 결론에 이르지는 않았습니다. 책이 분명 인간의 생각과 행동을 변화시킬 수 있는 아주 중요한 도구라는 믿음에는 변함이 없습니다. 문제는 책 자체에 있는 것이 아니라, 읽어도 변하지 않는 인간에게 있다고 생각합니다. 책은 아무 잘못이 없습니다.

저는 읽고 쓰면서, 더 나은 인간이 되는 길은 '쓰기'를 통해서 가능하다는 것을 스스로 배웠습니다. 쓰면서 알게 되었습니다. 내가 얼마나 이기적인 욕망으로 똘똘 뭉쳐있는지를, 강해 보이려고 노력하지만 사실은 한없이 나약하고 어리석은 인간이라는 사실을. 쓰지 않았다면 결코 몰랐을 것입니다. 내가 누구이고, 무엇을 욕망하고, 어떻게 삶의 기준을 설정해야 하는지를. 저는 이 방법 말고 다른 방법은 알지 못합니다. 도대체 오늘의 내가 어제보다 나아지고 있다는 사실을 어떻게 알 수 있습니까?

오늘 글을 쓰면 어제보다 아주 조금 달라진 자신을 발견하게 됩니다. 그것은 어제와 거의 차이가 없을 만큼 작을지도 모릅니다. 글을 쓰면 어제보다 조금 더 타인의 말에 귀 기울이는 내가 될 수 있고, 아주 조금 더 타인을 이해하려고 노력하는 자신을 보게 됩니다. 조금 더 현명해지고, 아주 조금 더 자신을 성찰하며, 아주 미미하게 삶에 대한 지혜를 길어 올릴 수 있는 힘이 생깁니다. 이 정도라면 할 만하지 않습니까? 아주 조금만 더 나아가면 되니까요. 조금이라도 나아가는 것이 아예 나가지 않는 것보다 훨씬 낫습니다. 이 책은 책을 읽고, 생각하고, 글을 쓰는 전 과정을 천천히 따라가면서 '독서의 궁극'에 이르는 '서평 쓰기'의 길잡이 역할을 하고자 합니다.

2020년 1월
수리산 자락에서
더행

# 1부
# 왜 서평쓰기인가

# 1
## 설명할 수 없다면,
## 읽었다고 할 수 있을까

다소 불편한 질문으로 시작해보자. 당신이 책을 공들여서 읽었다. 나름 중요하다고 생각하는 부분에 밑줄도 긋고, 책의 귀퉁이에 메모도 해놨다. 책장을 덮고 얼마간의 시간이 흘렀다. 누군가 물어본다. "네가 읽은 그 책 어때? 재밌어? 무슨 내용이야? 그 책에 대한 너의 생각이나 견해는 뭐야?" 이런 질문을 받으면 어떤가? 읽기는 읽었는데, 딱히 기억에 남는 부분도 없고 또 무슨 말을 해야 할지 모른다면 난감할 것이다. 그래서 대충 얼버무린다. "응, 괜찮아. 읽을 만해" 자, 그렇다면 다시 묻겠다. "읽은 책에 대해 설명할 수 없다면, 그 책을 읽었다고 말할 수 있을까?" 이와 같은 질문은 독서라는 행위 전반을 되짚어보게 한다.

범박하게 결론부터 말하자면, 나의 대답은 이렇다. "읽은 책에 대해서 설명할 수 없다면 그 책을 읽었다고 말할 수 없다!" 책은 읽었지만 남는게 없는 독서, 그야말로 헛수고를 한 셈이다! 왜냐고? 자, 들어보라. 이를 위해서는 나의 전작 『함께 읽고, 토론하며, 글쓰는 독서 동아리』에서 소개한 독서의 3단계를 먼저 언급해야한다. 독서에는 3단계가 있으니, 인지-사고-표현의 단계가 그것이다. 이 독서의 단계를 모두 거쳐야 '읽고 남는' 독서가 가능하다.

'읽은 책에 대해서, 그 내용을 설명하고, 저자의 의도가 무엇인지 알고, 그에 대한 자신의 생각을 표현할 수 있는 독서'는 우리가 궁극적으로 지향해야할 첫 번째 목표이다.

### 독서의 3단계
1. 인지-책의 내용을 파악하고 이해하는 과정
2. 사고-질문을 던지고 그에 대한 나름의 답을 찾는 과정
3. 표현-도출된 사고의 결과물을 언어화하는 과정

독서가 책을 읽는 행위로만 그치면 안 되는 이유는 시간이 지나면서 공들여 읽은 내용이 다 휘발되어 날아가 버리기 때문이다. 인간의 기억력은 그만큼 믿을 게 못 된다. 읽은 내용을 오랫동안 온전히 기억하기란 불가능하다. 한 번 읽으면 거의 일주일 안에 다 잊어버린다. 그러니 우리는 오래 기억하기 위해, 읽은 다음에 무엇인가를 해야만 한다. 그것이 2단계-사고, 3단계-표현의 과정에서 하는 행위이다. 읽었으면 생각해야하고, 생각했으면 정리해야하고, 그 결과물을 말과 글로 표현해야만 하는 것이다. 그래야 읽고 생각하고 글로 쓴 것이 온전한 나의 지식과 역량으로 뿌리를 내린다. 그렇게 형성된 사유의 결과물만이 내 것이 된다는 말이다. 그래야 읽은 책에 대해서 뭐라도 말할 수 있다. 백날 읽기

만 하면 아무 소용없다. 1년에 100권을 읽어도 해가 바뀌면 책 제목도 기억하지 못하는 상황이 발생하는 건 다 이런 이유 때문이다.

독서의 전 과정 중에서 서평쓰기는 독서의 3단계 즉, 생각을 정리하고 그 결과물을 표현하고 전달하는 단계에 속한다. 3단계에 어려움 없이 도달하기 위해서는 그 전 단계가 막힘없이 순조로워야 한다. 가장 마지막 단계이니만큼 사람들이 가장 어려워하는 부분이기도 하다. 이 책은 독서의 단계(읽기-생각하기-표현하기)의 각 내용을 상세히 설명하고 서평쓰기 전반에서 훈련할 수 있는 방법을 차근차근 제시할 것이다. 자, 이제부터 차분히 독서의 단계마다 해야 할 훈련들을 하나씩 학습하고 밟아나가는 것이 필요하다. 서두를 것 없다. 어차피 글쓰기의 근육은 서두른다고 길러지는 것이 아니기 때문이다. 긴 호흡으로 천천히 한 발자국씩 나아가는 마음가짐이 중요하다.

## 🗨 덧붙임 - 읽기와 쓰기, 그 참을 수 없는 간극

우리는 그동안 읽기와 쓰기를 분리 시켜서 학습해왔다. 읽는 교육이 쓰는 교육으로 연결되지 않았다는 뜻이다. 그래서 많이 읽어도 글 한 줄 쓰기는 어려운 것이다. 고전 평론가 고미숙은 이와 같은 상황 즉, "쓰기를 배제한 읽기"가 마치 사람들을 계급처럼 나뉘게 한다고 다음과 같이 지적한다.

> "중하층 등의 격차가 심화되고 있지만, 더 근본적인 장벽은 말하는 자와 듣는 자의 분할이다. 강사는 영원히 강사고, 청중은 영원히 청중이다. 처음엔 그럴 수밖에 없었으리라. 하지만 시간이 아무리 지나도 이 간극은 좁혀지지 않았다. 그렇게 많은 도서관이 있고, 대학보다 훨씬 수준 높은 강의가 진행되어도, 그리고 또 그렇게 오랫동안 배우고 또 배우는데도 듣는 사람은 계속 듣기만하고 말하는 사람은 계속 말하기만 한다. (…) 읽으면 써야 한다. 들으면 전해야 한다. 공부도 학습도, 지성도 최종심급은 글쓰기다."
>
> (『고미숙의 글쓰기 특강』, 북 드라망 中)

읽는 사람과 쓰는 사람, 듣는 사람과 말하는 사람의 위계가 나뉘면 어떻게 될까? 읽기만 하면 자신만의 생각을 가질 수 없고, 듣기만 하면 생각을 표현하지 못하게 된다. 읽고 듣기만 하는 인간은 그 무엇도 창조하지 못하는 수동적 인간이 될 가능성이 높다. 우리는 말하고 쓰는 인간으로 나아가야 한다. 말하고 쓰는 인간은 자신의 생각을 만들어 낼 아는 인간이요, 세상을 탐구하는 인간이며, 창조하는 인간이다. 읽기와 쓰기의 그 참을 수 없는 간극을 좁히는 일은 인식의 지평을 넓히는 독서의 기본적인 행위인 것이다.

2
# 독후감 vs 서평 vs 비평

본격적인 서평쓰기 강의로 들어가기에 앞서, 독서와 관련한 글쓰기에는 무엇이 있는지 그 종류와 개념에 대해 먼저 정리해 보자. 먼저 우리가 책을 읽고 난 후 흔히 하는 글쓰기는 독후감이다. 독후감(讀後感)이란 말 그대로 책을 읽은 후의 감상을 적은 글이다. 여기서 감상은 책에서 얻은 개인적인 느낌이나 생각으로, 내가 가지고 있는 기억이나 경험이 책의 내용과 연결되면서 생겨나는 정서적 반응을 말한다. 사람마다 책을 통해 느끼는 정서적 반응은 다를 수 있으므로 기본적으로 독후감은 매우 주관인 글이라 할 수 있다. 책을 읽으면서 인상 깊었던 부분, 재미있었던 부분, 책을 통해 떠오른 기억 등을 나의 언어로 전달하는 주관적인 글쓰기가 독후감이다.

이와 달리, 서평(書評)은 책의 내용과 함께 책이 지니는 의미와 가치를 객관적으로 평가하는 글이다. 독후감이 주관적인 감상을 담은 글이라면 서평은 그 주관적인 감상을 객관화시킨 글이라 할 수 있다. 어떤 책을 읽고 재미있다고 느끼고 재미있다고 쓰면 그것은 독후감이다. 그러나 재미있다고 느낀 부분이 왜 재미있는지를 세세히 따져보고, 분석해보는 것이 서평의 출발이라 할 수 있다. 이처럼 서평쓰기는 서평가의 주관적인 견해에서 출발한다. 그런데 그 주관적인 견해가 여러 사람의 공감을 얻고 그들의 설득을 이끌어 내도록 객관적인 근거를 갖춘 글이 서평이다.

독서를 한 후에 오는 정서적 반응은 본질적으로 주관적일 수밖에 없다. 저마다의 경험과 그것을 기억하는 방식이 다르기 때문이다. 그런 주관적인 정서를 '객관화 한다'라는 말은 나만이 그렇게 느끼고 생각한 것이 아니라 다른 사람도 내가 느끼고 감동한 것에 공감하고 동조하게 만드는 것이다. 그러므로 서평은 읽는 사람을 설득할 수 있는 근거가 마련되어야 하는 논리적인 글이라 할 수 있다. 책을 평가하는 일은 이렇게 주관적인 정서로부터 시작하여 객관화된 글을 완성하는 과정을 거친다.

아래의 독후감과 서평의 문장을 각각 살펴보면 그것이 독후감인지 서평인지 구분할 수 있다.

### 📖 독후감의 문장

젊은 어부들 가운데 큰돈을 벌어들인 이들은 바다를 '엘 마르'로 부르며 경쟁자, 일터, 적대자처럼 부르지만 산티아고는 '라 마르'로 바다를 애정을 가지고 바다의 모습을 이해하려는 모습이 감동적이었다.

작품 초반에 노인과 마놀린의 모습도 그렇고 마지막 부분의 마놀린이 산티아고 노인을 대하는 모습에서 소년이지만 누군가를 배려하고 사랑한다는 모습이 이렇게 아름다울 수 있을까 생각이 들었다. 노인 역시 자신과 바다 외에 말 상대가 있다는 것에 반가움을 느낀다.

- 헤밍웨이 『노인과 바다』를 읽고 쓴 수강생의 독후감

## 📖 서평의 문장

인간은 파멸할지언정 결코 패배하지는 않는다는 게 노인의 신념이자 작품의 주제다. 노인과 대등하게 맞섰던 청새치는 죽음을 맞았지만 그 또한 패배하지 않았다. 상어들에게 계속 전리품이 뜯겨나가는 중에도 노인이 물고기가 자유롭게 헤엄칠 수 있다면 상어 놈들과 어떻게 싸웠을까를 생각하며 즐거워한 것만 보아도 알 수 있다. 둘은 모두 죽을 때까지 싸운다는 점에서 공통적이다. 우리는 단지 살아남기 위해서 사는 노예일 수 없다는 걸 노인은 온몸의 고투로 보여준다.

-『노인과 바다』, 노인과 청새치의 존재 증명 투쟁 - 이현우(서평가)

다음으로, 비평(批評)을 보자. 비평의 사전적 의미는 "사물의 옳고 그름, 아름다움과 추함 따위를 분석하여 가치를 논함"으로 되어있다. 비평

도 서평과 마찬가지로 책의 내용을 평가하는 기능이 있다. 여기에서 서평과 다른 점은 비평은 이 시대와 역사에 비추어 그 책이 갖는 의미와 가치를 더 폭넓게 평가해주는 점이라고 할 수 있다. 지금 이 시대에 이 책이 어떤 맥락에서 씌어졌으며, 그래서 우리에게 말하는 바는 무엇이고, 나아가 어떤 메시지 혹은 질문을 던지고 있는가를 총체적으로 판단하고 평가하는 글이 비평이다. 더불어 비평이란 "대상의 일차원적 정보만을 끌어 모아 그 가치를 언어화하는 것이 아니라, 그 글을 읽는 사람에게 행동을 촉구하거나, 사회에 주의를 환기시키고, 새로운 사고가 싹트도록 호소하는 목적의식도 포함되어 있다."(가와사키 쇼헤이, 『리뷰 쓰는법』, 유유)

## 비평의 문장

흔히 헤밍웨이의 문학세계를 말할 때 언급되는 것이 냉정하고 비인간적인 초연함을 보여주는 남자 주인공의 모습이다. 때로 스토아적 극기나 용기에 비견되기도 하는 이런 강인한 남성의 모습은 현실 공간에서든 문학 공간에서든 점차 만나기 힘든 자질이 되어가고 있다. 헤밍웨이에게 어떤 자세로 죽음을 맞느냐 하는 것은 평생 따라다닌 관심사이자 문학적 주제였다. 그는 자본주의나 공산주의 같은 이념 문제를 포함해서 모든 정치 사회적 현안을 배격한 채 비극적 세계에서 고독한 영웅주의를 추구하는 인물을 소설에 구현하고자 했다. 그에게 그 외의 것들은 다 협잡물에 다름 아니었다. 그런 점에서 이 작가는 미국 문학에서 아담적 전통을 가장 잘 계승한 작가라고 할 수 있다. 쿠바의 한적한 어촌의 오두막에 누워 아프리카 초원의 사자를 꿈꾸며 잠든 초라한 늙은 어부의 모습에서 우리가 오랜 시련에 단련된 인간만이 지닐 수 있는 위엄을 보게 되는 것도 그 때문이다.

--『노인과 바다』,

파멸당할 수는 있을지언정 패배하진 않는다-남진우(문학평론가)

 

하나 더 예를 들면, 1960년 나온 최인훈의 소설 『광장』은 군부독재에 대한 4·19 혁명이라는 시민들의 정치적 자유를 쟁취한 흐름 속에서 나왔다. 훗날 1979년 신군부 정권 속에서는 온갖 탄압을 받았지만 오늘날까지 한국문학에서 이 책이 갖는 위상은 대단하다. 책과 관련하여 시대적·역사적 배경과 맥락을 짚어주고 그 의미를 탐색하는 것이 비평의 역할이다.

# 3

# 나는 왜 서평을 쓰게 되었나

    오래 전 일이다. 우연히 모 신문에 실린 천명관의 장편소설 『나의 삼촌 브루스리』에 대한 서평을 읽은 적이 있다. 짤막한 서평이었는데 그 내용이 무척 인상이 깊어서 직접 소설을 구입하여 읽게 되는 사태(?)까지 벌어졌다. 그러니까 그 책을 구입하여 읽게 된 동기는 순전히 그 '서평' 때문이라고 할 수 있다.

    그런데 구입한 책을 읽고 난 후 그 서평을 떠올리며 어떤 불편함을 느꼈는데, 그 이유는 서평의 '내용' 때문이었다. 그 서평은 해당 책을 다음과 같이 요약하고 있었다. 『나의 삼촌 브루스 리』에 나오는 삼촌의 행동은 "우스꽝스럽고, 그래서 폭소를 불러일으키며, 한심해 보인다"는 것, 그래서 한껏 웃고 싶은 독자에게 이 책을 추천한다고 했다. 삼촌은 우리가 주변에서 흔히 볼 수 있는 '삼촌'이며, 그 이야기는 짝퉁, 실패담이라고 했다. 난 소설을 읽으며 그 서평가의 말에 동의할 수 없었고, 적잖이 실망했다. 이 책에서 삼촌은 우리 주변에서 흔히 볼 수 있는 인물도 아니며, 삼촌의 인생은 명품인생이며, 실패담이 아닌 진정한 성공담이라는 것을 느꼈기 때문이다.

『나의 삼촌 브루스리』에 나오는 삼촌은 이소룡 추종자이다. 가난하고 능력도 없지만 삼촌은 이소룡의 모든 것을 흠모하며 무술연습을 하고 단단한 무도인으로서 인생을 성실히 살아간다. 삼촌의 삶이 탄탄대로일 리 없다. 군사독재-민주화로 이어지는 역사의 한복판에서 삼촌은 풍찬노숙한다. 삼청교육대에 끌려갔다가 죽을 고비를 넘기고, 스턴트맨 생활로 몸은 망신창이가 된다. 생사를 넘나드는 삼청교육대에서 삼촌은 X표가 새겨진 동료의 옷을 입고 동료 대신 죽을 고비를 넘긴다.

삼촌이 삶을 견딜 수 있는 유일한 희망은 사랑하는 여인 '원정'때문이지 삶에 대한 어떤 애착이 있어서가 아니다. 또한 여자를 괴롭히는 인간이 있으면 물불을 가리지 않고 몸을 날린다. 사랑하는 여자를 위해서라면 목숨을 잃는 한이 있더라도 그녀를 보호하는 인물이다.

이런 삼촌의 삶을 두고 실패한 짝퉁의 삶이라고 할 수 있을까? 삼촌의 인생은 '희생'과 '인내'로 점철되어있다. 그는 평생을 '용서'하며 살았다. 서자로 태어나 스스로 주눅 들게 하는 환경을 용서하고, 사람들의 배신을 용서하고, 삶에 대한 집착을 용서 했다. 말하자면 삼촌의 삶은 용서의 이야기로 가득 차있다. 삼촌이 추앙하는 이소룡은 "삶은 그저 순전히 사는 것이지, 무엇을 위해 사는 것이 아니다"라는 말을 남겼다. 하지만 우리는 무엇을 위해 살기는 쉬워도 순전히 산다는 것이 얼마나 어려운 일인지 안다. 따라서 용서에서 자유롭지 못한 자 누구도 삼촌을 실패한 인생이라고 말할 수 없는 것이다. 그러므로 삼촌의 삶은 명품인생이며, 삼촌의 이야기는 고귀한 성공이야기다.

나는 소설 『나의 삼촌 부르스리』에 나오는 삼촌이 한심한 인생을 사는 것처럼 보일지 몰라도 그래서 "실패한 인생"이라는 서평가의 말에 동의하기 어려웠다. 이 경험을 통해 나는 서평이 갖는 의미, 역할, 중요성에 대해 다시 생각해보게 되었다. 서평이 갖추어야 할 최소한의 요건은 무엇일까에 대한 생각에서 시작해 독자가 서평을 읽고 책의 내용을 곡해하거나 왜곡하게 해서는 안 된다는 생각도 들었다. 이것이 내가 서평에 관심을 갖게 되고 급기야 '쓰기'까지 나아가게 된 이유이다. 좋은 서평이란 책의 내용을 간단히 요약하는 것에서 그쳐서도 안 되고, 책을 읽으면서 피상적으로 얻을 수 있는 재미와 흥미로운 요소만 부각해서도 안 되며, 독자가 서평을 읽고 책의 내용을 오독하게 해서는 더더욱 안 된다. 그런 서평은 의도를 했건, 안했건 간에 결국 독자와 책에 대한 모독이라고 하면 너무 심한 표현일까.

# 4

# 독서의 궁극, '서평쓰기'

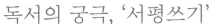

책을 읽는 여러 이유가 있겠지만 그 중에서 가장 큰 부분을 차지하는 것은 인간과 세계에 대한 이해의 지평을 넓히기 위한 것이라 생각한다. 독서는 인간과 세상을 넓게 보고 이해하면서 결국에는 깊은 성찰과 통찰에 이르게 하는 정신적 성장의 여정인 것이다. 독서를 통해 세상에 대한 앎과 이해의 지평을 넓히고, 그것에서 나만의 생각을 벼리고 가다듬어 자신의 언어로 표현할 줄 아는 것, 그것이 독서의 궁극이다. 그러한 목적에 부합하는 것이 바로 서평쓰기이다. 우리가 책을 읽고 닿을 수 있는 궁극의 지점은 서평쓰기로 가능해진다. '쓰기'라는 행위는 독서 행위 전반, 인간이 지식과 정보를 취합하고 정리하여 자신만의 생각을 만들어내고 그것을 실력과 역량으로 발전시키는 데 꼭 필요한 훈련이다.

여기서 중요한 것은, 책을 읽고 '자신의 생각을 갖는 일'이다. 자신의 생각을 어떻게 갖느냐고? 일단 글을 쓰면 된다. 왜냐면 쓰는 행위는 바로 생각하는 행위와 직결되기 때문이다. 쓰기는 곧 생각하기이다. 글을 써 본 사람은 알겠지만, 글은 생각이 있어서 쓰는 게 아니라 쓰면서 생각을 만드는 훈련이다. 쓰면서 생각이 만들어지고, 쓰면서 그 생각을 발전시키고, 쓰다보면 새로운 생각이 창출된다. 우리는 글을 쓰면서 생각의 지점을 발견하고, 그것을 고치면서 생각을 전환시키고, 그것을 가다듬으면서 사고를 더 넓고 깊게 할 수 있다. 이 글을 쓰고 있는 나도 지금이 순간 글을 쓰면서 새로운 생각이 글로 표현됨을 느낀다. 쓰기는 머릿속에 있는 수많은 생각의 타래들을 끄집어내어 일목요연하게 정돈하여 새로운 결과물로 생산하는 창조적 행위이다. 잊지 말자. 쓰기가 곧 생각을 창조하는 과정이라는 것을!

> "쓰는 일은 우리의 생각을 조직해 주고 분류해 준다. 쓰는 일은 우리의
> 생각을 실체로 만들고, 우리 소유로 만드는 방법이다. 쓰는 일은 우리가
> 배우려고 애쓰는 것에 대해서 무엇을 알고 무엇을 모르는지를 깨닫게
> 해 준다"
>
> -윌리엄 진서, 『글쓰기 생각쓰기』, 돌베개

　그러므로 좀 더 나은 생각을 하고 싶다면, 보다 넓고 깊은 사유를 하고 싶다면, 그럼으로써 인간과 세상에 대한 지혜를 얻고 싶다면 어떻게 해야겠는가? 써야 한다! 다른 방법은 없다. 쓰는 자만이 세상의 이치와 깊이에 다다를 수 있다. 이 말은 자신의 사유와 인식을 넓히고 인간과 세계에 대한 통찰에 이르는 길은 글쓰기를 통해 가능하다는 의미이다. 글쓰기를 하지 않아도 자신을 성찰하고 지혜에 다다를 수 있다. 하지만

그것은 쉽게 잊힌다.

그 다음 문제, 그렇다면 무엇으로 생각의 단초를 마련할 것인가. 이제 책이 등장할 시점이다. 책은 두말할 것 없이 인간과 세계가 엮어낸 스토리가 오롯이 담긴 광대한 텍스트이며, 글쓰기의 소재가 무궁무진하게 담긴 바다라 할 수 있다. 책보다 이 세계에 대해서 많은 것을 담고 있는 것은 없다. 그러니 책을 읽고, 책에 대해서 말하고, 책에 대한 글을 써야 한다. 그것이 바로 서평쓰기이다.

## 🗨 덧붙임 – 서평쓰기의 효용

서평을 쓰면 무엇이 좋은지 정리해 보자. 첫째, 내가 무엇을 알고 무엇을 모르는지 알 수 있다. 보통 서평을 쓰기 전에는 자신이 무엇을 모르는지조차 파악하기 힘들다. 서평을 쓰면 자신의 지적수준을 냉정하게 파악할 수 있다. 자신의 상태를 알게 되면서 한없이 겸손해지는 마음을 확인하는 것도 서평쓰기에서 얻을 수 있는 수확이다. 서평에서 다룰 수 없고, 표현할 수 없는 것들은 내가 잘 모르는 것이다. 글로 나온 것만이 나의 생각이요 지식이며, 내 실력인 것이다. 서평쓰기는 나의 뇌의 지도가 어떤 모양인지, 무엇으로 채워져 있는지 확인하고 그 지도를 스스로 그리는 일이다.

둘째, 서평을 쓰면 생각이 정교해진다. '좋은 게 좋은 거다'와 같은 두루뭉술한 생각과 표현은 서평에서 허용되지 않는다. 서평은 자신의 주장에 대한 근거를 들어야한다. 근거 없는 글은 한낱 감상에 머물 뿐이다. 따라서 서평쓰기를 하다보면 글에 설득력을 갖추기 위해 지식과 정보를 모으고 분석하는 노력을 하게 된다.

> 우리 생각 안에 들어 있던 빈틈과 비논리성이 쓰는 동안에 확실해지고, 그러면 우리는 빈틈을 메우고 논리를 짜는 방법을 구할 수 있다. 쓰기를 끝냈을 때, 그 소재에 대해서 쓰기를 시작했을 때보다 더 많이 알게 되었다고 느낀다면 탐구적인 글쓰기가 상당히 도움이 되었다는 사실을 깨달을 것이다
>
> -페리 노들먼 (어린이 문학평론가)

셋째, 서평쓰기는 최고의 창조적 행위이다. 책이라는 기본 재료에 대해 이렇게 저렇게 살을 더하고 빼면서 만들어진 글은 자신이 새롭게 만들어낸 창조물이 된다. 그런 의미에서 서평쓰기는 새롭고 다르게 생각하는 능력을 키우는 가장 정밀한 훈련방법이라고도 할 수 있다. 창조력은 기존에 있는 것에서 새로운 것을 뽑아내는 능력이기 때문이다. 인문학적 사유와 통찰력은 서평쓰기로 길러질 수 있다.

글쓰기의 그런 기록 덕분에 당신은 독서와 사색의 유형에 대해 더 깊은 통찰력을 가질 수 있다. 생각을 하면서 쓰면, 조금 더 읽은 후에 다시 돌아와서 예전 생각을 새롭게 조명해 볼 수 있다. 당신의 생각에 어떤 변화가 있는지 없는지를 탐구해 볼 수 있다. 글쓰기는 이미 결론을 내려놓고 그 결론을 가장 잘 표현하는 방법을 찾으려는 것이 아니라, 결론을 향해서 그저 길을 간다. 다시 말해, 탐구를 통해서 하는 일은 완성된 생각을 끌어내는 것이 아니라, 당신의 생각의 과정을 쓰는 일이다.

-페리 노들먼 (어린이 문학평론가)

# 5

# 양이 부족한 데 그 질을 논하지 말라

법학자 김두식의 책『불편해도 괜찮아』에는 "지랄 총량의 법칙"이라는 말이 나온다. 그 대목을 보면서 나는 무릎을 치며 웃었는데, 내용인즉슨 이렇다. 저자의 동료 법관이 사춘기 자녀가 속을 심하게 썩여서 마음고생을 한다는 것이었다. 이에 저자가 그 동료에게 해줬다는 말은, 인간에게는 평생 떨어야할 지랄의 총량이 있는데, 그 지랄을 지금 떨고 있다고 생각하면 그나마 마음이 편안해진다는 것. 이 법칙은 인간이 평생 떨어야할 지랄의 양이 정해져 있다는 것으로 누구든지 그 양을 반드시 채운다는 뜻이다. 그러니까 그 '지랄'을 10대에 떨 것이냐, 40대에 떨 것이냐의 문제만 있다는 말이다.

글쓰기에도 이 '총량의 법칙' 그대로 적용된다고 생각한다. 글을 잘 쓰게 되는 경지까지 도달하기 위해서는 채워야하는 글의 총량이 있다는 말이다. 그 양이 사람마다 차이가 있겠지만 누구도 이 총량을 채우지 않고 글을 잘 쓸 수는 없다. 다만 앞의 사례와 다른 점은 글쓰기는 그 총량을 채우지 않아도 살아가는 데는 별다른 지장이 없다는 사실이다. 글쓰기를 하지 않아도 잘들 산다. 아니 오히려 글을 쓰면 삶이 더 괴로울지 모른다. 그러나 글을 쓰면 글을 쓰지 않는 사람과는 분명 '다른 삶'을 살 수 있다고 말하고 싶다. 어쨌든, 글을 막힘없이 쓰게 되는 경지까지 오르려면 반드시 거쳐야 되는 과정이 바로 글쓰기 총량을 채우는 일이다. 누구도 피해갈 수 없다.

글쓰기 총량의 법칙의 핵심은 글쓰기 능력이 훈련으로 길러질 수 있다는 의미이다. 글쓰기의 총량을 채우면 누구나 글을 수월하게 쓸 수 있게 된다. 글쓰기의 공포에서 벗어나 자신의 생각을 어려움 없이 풀어놓을 수 있는 단계에 이르게 된다. 10장 쓴 사람이 100장 쓴 사람보다 더 잘 쓸 수 없다. 글쓰기가 늘지 않는다고? 글쓰기의 총량을 채웠는가 자문해 봐야한다. 그렇다면 채워야 하는 글쓰기의 총량은 얼마만큼 일까? 그건 개인마다 차이가 있다. 굳이 말한다면 글쓰기가 부담이 없어지는 때 까지가 될 것이다.

"글쓰기만큼 정직한 건 없다"라는 믿음에는 변함이 없다. 왜냐하면 글쓰기에서는 요행이나 운이 따르지 않기 때문이다. 금수저로 태어나지 않아도, 부자인가 가난한가라는 것도 전혀 상관없다. 오롯이 자신이 얼마만큼 쓰고, 공을 들였는지에 비례하여 글쓰기 실력이 느는 것이다. 이 얼마나 공정한가.

전주에 가면 대하소설 『태백산맥』의 작가 '조정래 아리랑 문학관'이 있다. 거기에는 작가의 육필원고부터 사용한 볼펜까지 다양하게 전시되어 있는데, 그중에서 우리의 이목을 끄는 것은 기다랗게 쌓아올린 원고지 탑이다. 그것은 "자신의 키 높이 정도의 양을 채울 만큼의 글쓰기를 하면 그제서야 글쓰기에 대한 부담스러운 마음을 떨쳐버릴 수 있다"는 메시지를 우리에게 전달한다. 다시 말해 "글쓰기의 총량"을 채워야 비로소 작가로서 발돋움 할 수 있다는 것으로 읽힌다.

책 『무소유』를 쓰신 법정스님이 지독한 책벌레였다는 사실은 이미 널리 알려져 있다. 그 중에서 법정 스님의 글쓰기 일화는 이제 막 서평을 쓰려는 우리에게 도움을 준다. 스님은 책을 읽을 때마다 좋은 글과 문장, 중요한 문장, 감동적인 문장을 만나면 대학노트에 옮겨 적었다한다. 이렇게 일정 기간 동안 쌓여간 대학노트의 양이 허리춤까지 왔을 때 책을 쓰기 시작했다고 한다. 그리고 다 알다시피 그 책은 많은 사람들에게 감동을 주었다. 옮겨 적으면서 책의 내용이 하나의 궤로 엮이듯 정리가 되고, 생각의 토양이 단단해지며, 그 결과물은 훌륭한 책으로 탄생하게 된 것이다.

한두 번 서평을 썼다는 것으로 잘 쓴 서평을 기대한다는 건 지나친 욕심이다. 좀 심하게 말하면, 도둑 심보와 다를 바 없다. 처음 서평쓰기에 입문하면, "왠지 나는 잘 쓸 것"같은 근거 없는 환상을 갖게 되는데 이 환상이 글쓰기를 가로막는 걸림돌이 되는 경우가 많다. 글쓰기 입문자는 오직 글쓰기의 총량을 채우기 위해 매일매일 쓰면서 노력과 정성을 기울여야만 한다. 또한 글쓰기 훈련을 얼마 하지도 않았는데, 그 글의 내용과 수준에 대해서 말하는 것도 하등 쓸데없는 일이다.

2부
# 서평쓰기 1단계 : "기본 다지기"

# 1
# 낭독! 언어의 감각을 깨워라

말과 글은 인간의 생각과 감정을 표현하는 언어방식이다. 인간은 말하고 글을 쓰면서 보이지 않고 닿지 않는 마음속의 내면과 심연을 실체로써 형상화할 수 있다. 이것을 언어화라고 한다. 형상이 없는 감정과 생각을 끄집어내어 언어화시켜서 표현하는 것은 모든 말하기와 글쓰기의 기본이다. 자신의 생각과 감정을 잘 전달하기 위해서는 말과 글이라는 언어와 친숙해져야 하고, 이런 감각을 언어감각이라고 한다.

서평수업을 진행하다 보면, 수강생의 글이 의도와는 전혀 다르게 상대방에게 읽혀서 글쓴이가 곤란을 당하는 일이 종종 생긴다. 오해를 받은 수강생은 억울해 한다. "제 글은 그 뜻이 아니라……"와 같은 말로 열심히 자신의 진의를 해명하느라 진땀을 흘린다. 그러면 글을 잘못 이해했던 수강생들은 그제서야 "아, 그렇군요. 설명해주니 알겠어요. 이제 이해했어요."라는 반응을 보이면서도 그 수강생의 생각과 글이 어떻게 그의 의도와 달리 표현될 수 있는지 의아해한다. 상대방에게 자신의 생각을 글로 전달하는 일이 얼마나 어렵고 또 중요한 일인지 깨닫게 하는 사례이다.

이런 불상사를 없애기 위해서는 무엇보다 언어감각을 기르는데 노력을 기울여야 한다. 인간의 언어는 말과 글밖에 없으니, 말하고 쓰는 법을 배워서 익히는 것은 당연하다. 말과 글은 어떻게 배우는가? 글은 읽기와 쓰기로 배우지만 말은 말을 많이 한다고 배워지는 게 아니라 훌륭한 문장을 소리 내어 읽는 것으로 배울 수 있다. 언어감각을 키운다는 것은 몸에 맞는 옷을 입은 것처럼 좋은 언어가 입에 착 달라붙게 한다는 의미이다. 언어가 물 흐르듯이 자연스럽게 흘러간다는 의미이기도 하다. 훌륭한 텍스트를 선정해서 천천히 음미하면서 소리 내어 읽는 것만으로도 우리의 언어감각은 좋아질 수 있다. 이러한 낭독 능력은 그대로 글쓰기의 능력으로 이어진다. 좋은 글은 마치 입에서 술술 말하듯이 읽히는 글이기 때문이다.

낭독은 언어감각을 기르는 훌륭한 방법 중에 하나다. 성대로 나온 목소리가 다시 나의 귀로 흘러들어가는 과정을 통해 우리의 몸속 언어세포는 깨어난다. 입 밖으로 나온 소리는 다시 귀로 흘러들어가고 그 소리는 우리의 뇌를 자극한다. 이 과정에서 우리는 언어를 몸으로 습득하게 되는 것이다. 언어를 몸으로 체화하는 것, 그것이 바로 낭독이다. 나아가 소리 내어 읽으면 글의 내용을 더 잘 파악할 수 있고, 그 뜻을 잘 알지 못했던 글도 쉽게 이해할 수 있게 된다. 좋은 문장과 나쁜 문장의 리듬감각도 키울 수 있다.

"책은 소리 내어 읽는 것을 귀중히 여긴다네. … 몸과 마음의 기가 자연히 합쳐져 팽창하고 발산해서 저절로 확실하게 알게 되는 것이지. 가령 숙독하면서 마음속으로 생각한다 해도, 역시 소리 내어 읽는 것만 못하지. 소리 내어 읽어 나가다 보면 얼마 안 가서 깨닫지 못했던 것도 자연히 깨닫게 되고, 이미 깨달은 것은 더욱 깊은 맛이 난다네. … 대체로 책을 읽을 때는, 우선 소리 내어 읽으려고 해야지 생각만 계속해서는 안 된다네. 입으로 소리 내어 읽으면 마음이 여유로워지고 의리가 절로 나오지." (주희,『낭송 주자어류』中, 93~95쪽)

– (고미숙,『고미숙의 글쓰기 특강』, 북드라망)

소리 내어 읽기를 통해서 얻을 수 있는 또 다른 효과는 발음을 교정할 수 있고, 의사전달력이 좋아진다는 점이다. 말이 지나치게 빠르거나, 타인이 자신의 말뜻을 잘 이해하지 못해 난처한 경험이 있는 사람이라면 낭독의 효과를 볼 수 있다. 그리고 많은 사람들 앞에 서기만하면 떨리는 가슴을 주체하지 못하는 사람이라면 소리 내어 읽는 훈련을 통해 자신감을 키울 수 있다.

"소리를 내며 읽혔던 것들은 더 쉽게 기억할 수 있다. 왜 그럴까?『동의보감』에 따르면 목소리의 뿌리는 신장이다. 신장은 뼈를 주관하는데, 우리가 소리를 낼 때 뼛속으로부터 목소리가 울려나온다. 우리가 소리를 들을 때에도 뼛속까지 울리게 된다. … 소리를 내서 읽고, 여러 번 읽다 보면 자연스럽게 우리 몸에 스며들 것이다."

-임경아, 이민정,『낭송 동의보감 내경편』, 북드라망

읽는 방법은 좋은 글을 한편 골라 먼저 눈으로 읽으면서 그 내용을 파악해 둔다. 서평쓰기에 도움이 되려면 좋은 서평이나 칼럼을 낭독하는 것을 권한다. 서평낭독은 두말할 것 없이 서평쓰기에 도움이 되고, 칼럼은 쓰는 이의 주장과 근거, 부연 설명이 뚜렷하게 나타난 글이기 때문에 낭독용으로 좋다. 묵독으로 글을 읽으면서 단락별로 그 내용을 파악했다면 천천히 그 의미를 음미하면서 소리 내어 읽어본다. 같은 글을 3번 정도 반복해서 낭독해 본다면 그것이 왜 글쓰기에도 도움이 되는지 알게 될 것이다.

## 💬 덧붙임 – '이해받지 못한 글'

공들여 쓴 글이 자신의 의도와는 다르게 독자들에게 읽힌다면 그것은 누구의 잘못이라고 할 수 있을까? 물론 글의 의도를 곡해해서 읽는 독자에게도 그 잘못이 있을 수 있겠으나, 일차적인 잘못은 그 글을 쓴 사람에게 있다고 할 수 있다. 왜 그럴까? 글을 쓴 사람의 숨은 의도를 알 길이 없는 독자는 종이에 박혀있는 글자만 가지고 그 글을 이해할 수 있기 때문이다. 독자가 글을 이해하는 수단은 글을 읽는 행위 밖에는 아무것도 없다. 그러므로 글을 쓴 사람의 상황을 이해하고 의도까지 파악해서 읽으라고 독자에게 요구하는 건 무리이다. 가령, 서평에다가 '농담'을 쓰는 경우는 주의해야한다. 독자가 '농담'으로 읽지 않을 경우도 있기 때문이다. '농담'을 '농담'으로 읽지 않고 있는 그대로 읽었을 때 일어날 수 있는 불상사를 생각해보라. 자신의 글을 이해 못하는 독자를 탓할 것이 아니라 '혼자만 이해할 수 있는 글'을 썼는지 돌이켜 봐야한다. 서평가는 불특정 대상을 상대로 글을 쓰는 사람이다. 그렇다면, 글로써 모든 것을 이해시키고 설득시켜야 하는 것이 서평가의 첫 번째 임무이다. '이해받지 못한 글'은 독자 탓이 아니라 글을 쓴 사람 탓이다!

따라서 좋은 서평은 기본적으로 독자가 '이해하기 쉬운 글'이어야 한다. 그런 글을 쓰기 위한 출발은 책을 소리 내어 읽기 즉, 낭독으로 시작할 수 있다.

# 2

# 필사! 때려 써라

흔히들 글을 잘 쓰고 싶다면 '많이 써보라'라고 조언한다. 그렇다. 글쓰기는 많이 써봐야 한다. 아무리 글재주가 좋아도 많이 써본 사람을 넘어설 수 없다. 하지만 글쓰기 초보자가 무작정 글을 쓴다는 것은 그렇게 쉬운 일도 아닐뿐더러, 무턱대고 많이 쓴다고 글쓰기 실력이 느는 것은 아니다. 또 그것은 자신의 글쓰기 습관에서도 벗어나기 어렵다는 한계가 있다. 늘 비슷하고 똑같은 내용의 글만 주구장창 쓴다. 글에서 사용하는 주어, 목적어, 서술어를 사용하는 방식도 매번 똑같다. 글쓰기 역량을 개발하기 위해서는 무조건 많이 쓰는 것이 중요한 게 아니라 다른 훌륭한 글을 따라 써보면서 어떤 글이 좋은 글인지를 배우는 것이 중요하다.

언어감각을 키우기 위해 낭독과 함께 강조하고 싶은 것은 필사다. 글쓰기 초보자라면 필사만큼 훌륭한 글쓰기 훈련도 없는 것 같다. 우선 필사는 백지의 공포로부터 벗어나게 해준다. 초보자는 첫 문장쓰기부터 막막하고 암담한 마음이 들기 마련인데 필사는 무조건 '따라 쓰기'만 하면 되니 얼마나 좋은가. '따라 쓰다' 보면 내 글도 잘 쓰게 된다. "식당 개 3년이면 라면을 끓인다."라는 소리는 틀린 말이 아니다. 묻지도 따지지도 말고 성실하게 '베껴 쓰다' 보면 글쟁이로서의 실력을 저절로 갖추게 된다.

필사를 하면 그동안 자신의 글쓰기에서 부족했던 게 무엇인지 깨닫게 된다. 보통 사람들은 대략적으로 '나는 글을 잘 못 쓴다.'정도로만 자신을 인식한다. 하지만 좋은 글을 베껴 써보면 자신의 글에서 부족한 점이 무엇인지 보다 구체적으로 알게 된다. 또 그동안 잘 모르고 있었지만 습관적으로 쓰던 자신의 글쓰기 습관도 파악하게 된다. 이렇게 필사는 쓰는 사람의 글의 수준과 상태, 능력을 총체적으로 점검할 수 있게 한다.

필사를 하면 좋은 글이 무엇인지에 대한 안목도 생겨난다. 필사는 책을 정독하는 한 방식이다. 손으로 쓰면서 읽는 행위인 것이다. 당연히 눈으로만 읽을 때보다는 천천히 음미하면서 책을 읽을 수 있다. 따라서 필사를 하면 어려운 책의 내용도 잘 이해하게 될뿐더러, 글의 부족한 점도 보이기 시작한다. 좋은 글이 무엇인지, 부족한 글이 무엇인지 구분할 수 있게 되는 것이다.

필사의 방법에는 컴퓨터에서 자판을 두드리면서 하는 '컴필'과 노트에 펜으로 옮겨 쓰는 '육필'이 있다. 어느 것을 하거나 상관없지만, 내 개인적인 경험으로는 '육필'이 훨씬 더 글쓰기 능력을 향상시키는 데 도움이 된다. '컴필'은 속도가 육필보다 빨라서 필사를 하면서도 배우지 않고 그냥 넘어가는 문장이 있을 수 있다. 그러나 '육필'은 한자씩 옮겨 적다보니 그만큼 속도가 느리고 그래서 문장 하나하나를 세심하게 읽게 된다. '컴필'보다 '육필'이 문장을 체득하는 더 확실한 방법이다.

그럼 무엇을 필사하는가? 필사하는 대상 텍스트도 크게 두 가지로 나눌 수 있다. 문학과 비문학이 그것이다. 문학으로 시나 수필, 소설을 필사하고, 비문학인 경우는 신문칼럼이나 훌륭하다고 검증을 받은 책을 필사하면 된다. 문학 텍스트를 필사하면 어휘력이나 문장력 즉, 아름다운 단어와 문장을 쓸 수 있는 능력을 기를 수 있다. 비문학 텍스트를 필사하면 글의 구조를 배우게 되고, 무엇보다 글의 논리성을 갖추는 능력을 키울 수 있다.

3
# 5가지 글쓰기 훈련법

다음은 낭독, 필사와 함께 글쓰기의 기본을 다지는 5가지 훈련법이다.

### ① 묘사하기 (보이는 것과 보이지 않는 것)

묘사하기에는 두 가지가 있다. 바로 '보이는 것' 묘사하기와 '보이지 않는 것' 묘사하기이다. 먼저, '보이는 것' 묘사하기는 사물이나 풍경을 눈에 보이는 그대로 묘사하는 글을 써보는 것을 말한다. 내가 있는 장소가 어디든 간에 종이와 펜만 있으면 눈에 보이는 것을 묘사하는 글을 쓸 수 있다. 눈에 보이는 것을 그대로 글로 쓰기만 하면 되기 때문에 머리를 쥐어 짜내며 글감을 찾을 필요가 없다.

3

연습) 체코 프라하의 까를교에서 바라본 야경이다. 보이는 그대로 묘사하는 글을 써보자.

--------------------------------------------------

--------------------------------------------------

--------------------------------------------------

--------------------------------------------------

--------------------------------------------------

--------------------------------------------------

--------------------------------------------------

--------------------------------------------------

--------------------------------------------------

두 번째는, '보이지 않는 것'들을 묘사하는 글을 써본다. 가령 사람의 마음 상태를 묘사하는 글을 써보는 것이다. 예를 들어, 부부싸움으로 화가 나 있는 여인의 마음이 어떨지를 상상하며 글을 써본다. 또 인생의 의미는 무엇인지 나름의 생각을 정리하면서 글을 써본다. 사람에 대한 관찰력을 키우면서 인간에 대한 이해도 한층 깊어질 것이다. '보이지 않는 것' 묘사하기는 어떤 대상이나 현상이 갖는 의미나 가치, 우정과 사랑, 행복 등과 같은 추상적인 개념들을 글로 묘사해 볼 수 있다.

### 예시 1) 사람 묘사하기

"그녀의 눈빛은 얼마간 권태로워 보였고 왠지 지친 듯한 표정을 하고 있었다. 옷차림새는 언제나 깔끔했으나 매일 이것저것 바꿔 입는 스타일은 아니었다. 그것도 남의 눈에 띄기 쉬운 밝은 계통의 단색은 피해 입었다. 안 그래도 식당에 가는 일이 있으면 그녀는 메뉴판을 보는 시늉조차 하지 않고 매번 설렁탕요, 김치찌개요, 하고 귀찮은 듯 내뱉곤 했다. 노숙한 것인지, 그녀는 실제 나이보다 몇 살이나 더 많이 들어 보였다. 어떤 땐 남몰래 애까지 낳고 사는 여자는 아닌가 하는 의구심마저 불러일으켰다. 무슨 일에 싫증을 내거나 직접적으로 불만을 표시하는 경우는 없었으나 그 이면에는 벌써부터 사람에게 흥미를 잃어버린 권태로움이 굳은살처럼 박여 있었다. 그녀를 보고 있으면 벽에 걸려 있는 철 지난 달력이 생각나곤 했다. 하지만 그녀는 그런 자신을 완벽하리만치 철저하게 숨기고 있었다. 나이 때문에 눈가에 어쩔 수 없이 생긴 잔주름(하지만 화장으로 얼마든지 감출 수 있는)을 감안하더라도 잘 뜯어

보면 확실히 미인에 속하는 여자라는 걸 무엇보다도 자신이 잘 알고 있었을 텐데 말이다. 여자에게 있어서 외모야말로 나이를 상쇄시킬 수 있는 유일한 무기가 아닌가."

(윤대녕, 『지나가는 자의 초상』)

### ② 요약하기

요약이란 핵심 내용을 간략하게 정리한 글을 말한다. 언어 감각을 키우는 낭독, 글쓰기 근육을 기르는 필사와 묘사하는 글쓰기 훈련이 어느 정도 숙달이 되면 요약하기를 시작해 본다. 요약하기는 책의 요점을 자신의 언어로 풀어서 쓰는 최고의 글쓰기 훈련이라 할 수 있다. 책을 읽기는 읽었는데 요약하기가 잘 안 된다면 그 책을 충실하게 읽었다고 보기는 어렵다. 요약하기는 책의 내용을 잘 읽고 파악했는지 알 수 있는 척도인 것이다. 요약 할 수 있어야 마침내 읽었다고 할 수 있다. 요약하기를 하면 책의 전체 내용을 더 잘 파악하고 책에서 중요한 부분과 덜 중요한 부분을 구분할 수 있게 된다. 요약하기 훈련을 하면 읽은 책에 대해서 자신 있게 설명할 수 있고, 책을 완전히 장악했다는 뿌듯한 느낌이 들기도 한다.

요약을 하기 위해서는 책을 읽으면서 핵심을 담은 문장에 밑줄을 긋거나 해서 표시를 해두어야 한다. 그 표시한 부분을 연결해서 요약하기를 완성해야 하기 때문이다. 서평의 목적 중에 하나가 책의 내용을 독자에게 소개시키고 전달하는데 있기 때문에 요약하기는 서평쓰기의 필수적인 항목이다.

아래의 헤밍웨이의 소설 『노인과 바다』를 요약한 글을 읽어보자.

**예시 1)**

멕시코 만류에서 홀로 고기잡이를 하는 노인 산티아고는 벌써 84일째 아무것도 잡지 못했다. 같은 마을에 사는 소년 마놀린은 평소 산티아고를 좋아해 그의 일손을 돕곤 했는데, 노인의 운이 다했다며 승선을 만류하는 부모 때문에 이번에는 그와 함께 배를 타지 못한다. 산티아고는 혼자 먼 바다까지 배를 끌고 가 낚싯줄을 내린다. 그의 조각배보다 훨씬 크고 힘센 청새치 한 마리가 낚싯바늘에 걸리자 산티아고는 이틀 밤낮을 넘게 그 물고기와 사투를 벌인다.

**예시 2)**

『노인과 바다』는 쿠바 연안을 배경으로 거대한 물고기에 맞서 사투를 벌이는 늙은 어부 산티아고의 이야기를 그렸다. 멕시코 만류에서 홀로 고기잡이를 하는 노인은 84일째 고기를 잡지 못하다가, 사투 끝에 거대한 물고기를 잡는 데 성공한다. 물고기를 밧줄에 묶어 뱃전에 나란히 매달고 집으로 돌아가려고 하지만 피냄새를 맡은 상어들의 공격을 받는다. 몇 차례의 싸움 끝에 간신히 상어를 물리친 노인은 결국 머리와 뼈만 앙상하게 남은 물고기 잔해를 끌고 집으로 돌아온다.

예시1)과 예시2) 중에서 어느 글이 더 요약을 잘 했을까. 두 글의 분량은 비슷하지만, 전체 내용을 담아야하는 요약하기의 목적에 부합하는 글은 예시2)라고 할 수 있다. 그에 반해 예시1)은 책 내용의 일부분만 내용으로 담고 있기 때문에 잘 된 요약이라고 볼 수 없다.


## 덧붙임 – 해석이 담긴 요약하기

책의 내용을 그대로 정리하는 요약하기의 훈련이 숙달되면 한 단계
더 나아가 자신의 견해를 담은 요약하기를 할 수 있다.

> 노인 산티아고는 매일 매일 흔한 삶을 산다. 그의 직업은 어부 인
> 데 84일 동안 한 마리의 물고기도 잡지 못한 것은 그에게 걱정할
> 만한 일이 아니다. 운수가 바닥난 노인이라는 주변 사람들의 조
> 롱도 개의치 않는다. 물고기를 잡지 못해도 배에 돛을 띄우는 이
> 유는 바다에 나가 낚시를 하는 것이 삶의 일부이기 때문이다. 몸
> 무게가 오백 킬로그램이나 나가는 물고기를 잡았던 젊은 시절의
> 영광도 삶의 일부였으며, 85일째 바다로 나가는 배에서 오늘 잡
> 을 물고기에 대해 즐거운 상상을 하는 것도 그저 흔한 삶의 부분
> 일 뿐이다. 자신에게 주어진 흔한 삶의 순간을 최선을 다해서 살
> 아내는 것. 곧 흔한 삶이 고귀한 삶으로 변주되는 모습을 관록의
> 눈으로 응시하는 산티아고는 말한다. "한순간도 물고기를 잊어서
> 는 안 돼. 내가 지금 하고 있는 일만 생각해야 돼."(p.49)
>
> ―서평가 더행

위의 글은 헤밍웨이의 『노인과 바다』에 등장하는 노인의 삶이 어떤 삶

인지 서평가가 나름의 정의를 내리고, 그러한 삶이 어떤 의미를 갖는지 자신의 견해를 담으면서 책의 내용을 요약하고 있다. 다시 말해, 노인의 삶은 "흔한 삶"이라고 설명하고, 그 "흔한 삶을 최선을 다해 삶아냄"으로써 노인의 삶은 "흔한 삶"이 아닌 "고귀한 삶"으로 변주된다고 설명하고 있다. "고귀한 삶"은 훌륭하고 대단한 일을 했을 때 얻어지는 것이 아니라, 우리가 사는 일상 즉 흔한 삶을 충실하게 살아내는 것이 진정 "고귀한 삶"이라는 것을 해석하면서 요약을 하고 있다.

### ③ 5줄 서평쓰기

본격적인 서평을 쓰기 전에 5줄로 간략하게 서평을 써보는 것도 글쓰기 훈련에 도움이 된다. 5줄 서평은 책을 간단하게 소개하면서 전체 내용을 정리하고 이 책이 무엇을 보여주려고 하는지에 대한 의미를 담아 쓴 글이다. 즉, 책 소개+간단한 내용+의미(유익한 점)로 구성된다. 아래의 예시는 신문에 실린 미니 서평들이다.(한겨레 신문 2018년 4월 20일자 '문학 새책' 코너에서 발췌)

**예시 1)**

**베어타운** 『오베라는 남자』의 스웨덴 작가 프레드릭 배크만의 신작 소설. 쇠락한 소도시 베어타운의 청소년 아이스하키팀이 전국대회 준결승에 진출하며 마을에 꿈을 지피지만 끔찍한 사건이 벌어지며 그 꿈이 산산조각난다. 권력을 쥔 남성들, 마을의 희망을 짊어진 소년을 둘싼 그릇된 침묵과 반발 등을 그린다.

이은선 옮김/ 다산책방/ 1만 5800원

**예시 2)**

**과거로부터의 행진 상, 하**  『화산도』의 재일동포 작가 김석범의 2012년작 소설. 1977년 재일동포 유학생 간첩단 조작 사건을 소재로 삼아, 상상을 초월한 국가 폭력에 개처럼 굴복한 한 남자의 인간 회복을 위한 투쟁을 그린다. 남도 북도 택하지 않고 사실상 무국적인 '조선적'을 고집한 재일동포들의 고난과 희망.

김학동 옮김 / 보고사 / 1만 6000원

**예시 3)**

**지상에 숟가락 하나**  『순이 삼촌』의 작가 현기영이 유년 시절부터 작가로 성장하기까지 이야기를 제주도의 대자연 위에 펼쳐놓은 자전적 성장소설. 1999년에 초판이 나왔던 책을 출판사를 옮겨 다시 펴냈다. 4.3의 비극과 제주의 풍요롭고 아름다운 자연 풍광, 그것을 배경으로 피어난 유년의 생명력과 예술적 열망이 생생하다.

창비 / 1만 4000원

### ④ 정의 내리기

어떤 대상에 대해서 나름의 정의를 내려 보는 글쓰기는 생각을 발전시켜 심화하는데 도움을 준다. 서평쓰기는 책을 읽으면서 기존에 자신이 가지고 있던 생각들을 반추해보고 그것에 균열을 가하면서 생각을 발전시키는 행위이다. 이때 전과 달라지거나 새롭게 형성된 생각을 자신만의 언어로 다시 설명하는 '정의내리기'는 한 차원 높은 글쓰기 훈련법이다. 다시 말해, '정의내리기'란 최종적인 자신의 생각의 결과물을 쓰는 훈련이 되는 것이다. 다음 글을 보자.

①혐오는 미학적(aesthetic), 곧 감각학적 의미를 지닌 말이라는 것에 주목할 필요가 있습니다. ②다시 말해 우리의 감각이 거부감을 느끼는 것들을 정의하는 단어입니다. 배설물이 그 대표적 대상입니다. 우리는 시각적으로든 후각적으로든 그것을 싫어하고 거부합니다. 동물의 사체나 상처의 고름도 우리의 오감은 아주 싫어합니다. 손톱으로 유리창을 빡빡 긁으면 청각이 그것을 혐오합니다. 아주 쓴 것은 미각이 거부합니다. 흐물흐물대거나 징그럽게 꿈틀거리는 대상은 촉각이 경계합니다.

비판은 성찰적이며 객관적이고 합리적이어야 합니다. 그런데 감각적 거부감, 즉 혐오감이 바로 상대에 대한 비판의 근거가 된다는 것은 무엇을 말할까요. ③그것은 감각과 비판 사이에 사고의 과정이 생략되었다는 것을 의미합니다. 다시 말해, 싫다고 느낀 것을 사유의 여과 없이 비판의 이유로 적용하는 것입니다. 이는 일찍이 소크라테스가 경고했던 '숙고하지 않는 삶'이 일상을 지배하고 있다는 뜻입니다.

김용석 철학자·영산대 교수

'닫힌 사회와 혐오'라는 제목의 철학자 김용석의 칼럼이다. 저자는 먼저 ①에서 '혐오'의 사전적 의미를 짚어 본 뒤, 뒤이어 ②에서 그것을 자신의 언어로 다시 풀어서 설명하고 있다. 그리고 ③에서 이 시대의 '혐오'가 어떤 문제를 일으키고 있는지 철학자의 시선으로 그 의미를 다시 생각하게 하고 있다. 이렇게 '정의내리기'는 어떤 사안을 보다 면밀히 보게 하고 분석하게 하는 훌륭한 글쓰기 훈련이다.

연습) 다음 글을 읽고 '자유'에 대한 글을 써보자.

나는 동물원에서 우리 안에 갇힌 동물들을 본다. 원숭이들과 사슴들과 기린 같은 순한 동물들을 보고, 호랑이와 사자와 곰 같은 맹수들도 본다. 그들은 철제 우리 안에 갇혀 어슬렁거리고 있다. 그리고 나는 또 본다. 마찬가지로 우리 안에 갇혀 있는 새들. 그들도 갇혀 있다. 날개를 푸드덕거리며 축소된 하늘의 이곳저곳을 날아다니긴 하지만, 그들의 비행은 우리 안으로 제한되어 있다. 호랑이나 사슴이 '우리 안에서' 어슬렁어슬렁 '걸어 다니는'것처럼, 새들도 역시 '우리 안에서' 훨훨 '날아다니는'것이다. 차이는 어슬렁어슬렁이거나 훨훨 정도이다. 새들은 호랑이나 사슴이 자유로운 만큼 자유롭고, 그들이 부자유한 만큼 부자유하다. 그들의 자유는 '우리 안의'자유이다. 새들이 자유롭다고? 무책임하게, 관습적으로 그렇게 말하지 마라. 이 세상의 모든 자유는 '~안의' 자유이다. 숙명 안의 자유. 그러므로 숙명이 없으면 자유도 없다.
- 이승우, 『독』, 예담

1) 평소에 '자유'란 무엇이라고 생각하는지 글로 써보자.
자유란, ......

2) 위의 글을 읽고, 글에서 말하는 '자유'가 무슨 뜻을 담고 있는지 글로 써보자.

자유란, .........................................................................................

3) 위의 1), 2)를 바탕으로 '자유'에 대한 정의를 새롭게 내려 보고 글로 써보자.

자유란, .........................................................................................

위의 3단계를 통해 어떻게 생각을 진전시키면서 글쓰기 연습을 하는지 다음을 따라가 보자.

먼저, 우리가 평소에 생각하는 자유는 무엇일까. 자유에 대해서 심도 있게 탐구해 보지 않은 이상 대개는 '자유란 내 마음대로 생각하고 행동하는 것'이라고 말할 것이다. 다음으로 이승우 소설 『독』에서 나오는 자유에 대해 읽어보고, 이 글에서 말하는 자유가 무엇인지 정리해 보자, 2)에서 말하는 자유란 구속이나 억압이 있어야 존재할 수 있는 것이다. 자유 그 자체만으로는 존재하기는 어렵고 자신을 억압하는 숙명과 같은 것이 있어야 그제서야 자유도 존재하게 된다. 따라서 두 번째로 정의될 수 있는 '자유란 구속과 억압이 숙명처럼 따라다닌다.'라고 정리할 수 있다. 앞의 두 단계를 통해 최종적으로 '자유'가 무엇인지 다시 숙고해 본다. 그리고 다시 생각한 '자유'에 대해서 글을 써본다.

1) 자유란 내 마음대로 생각하고 행동하는 것을 말한다.

2) 자유란 구속과 억압이 숙명처럼 따라다닌다. 억압과 구속이 없이 자유가 있을 수 없다.

3) 진정한 자유란 내 마음대로 생각하고 행동하는 것이 아니라, 나를 구속하고 억압하는 것으로부터 자유로워지는 것을 말한다.

## ⑤ 들려주기

"글을 쓰기 전에는 항상 내 앞에 마주 앉은 누군가에게 이야기를 해 주는 것이라고 상상해라. 그리고 그 사람이 지루해 자리를 뜨지 않도록 설명해라."

– 제임스 패터슨

글쓰기의 기초를 닦기 위해 묘사하기부터, 요약하기, 5줄 서평쓰기, 정의내리기까지 해보았다. 마지막으로 말하기 훈련이 남았다. 자신이 쓰고자 하는 글의 핵심내용을 누군가에게 들려주는 말하기 훈련은 글쓰기의 표현력과 전달력을 신장시키는 데 도움을 준다.

앞에 누군가가 있다고 생각하고 말해보는 이 방법이 여의치 않다면 인형이라도 앉혀놓고 자신의 생각을 전달해본다. 작가들이 원고를 마무리하고 흔히 하는 방법 중에 하나가 중얼중얼 자신의 원고를 읽으면서 타인에게 말해보는 일이다. 말을 하면, 성대를 통해서 나오는 소리로 그 언어의 흐름이 자연스러운지 알 수 있고, 글의 연결과 맥락 구조의 흐름이 어떤지 잘 파악할 수 있다.

# 4

# 글쓰기, 이것만은 지키자

 이제 글쓰기에서 기본적으로 지켜야할 규칙에 대해서 알아보자. 글은 크게 단어, 문장, 문단으로 이루어져 있으며 문장이 모여 문단이 되고, 문단이 모여 한편의 글이 완성된다. 여기서 지켜야 할 것은 올바른 단어를 사용했는지, 불필요한 문장이 포함되어 있는지, 앞에서 한 말을 뒤에서 또 반복해서 말하지는 않는지에 대해 반드시 살펴봐야한다. 아무리 훌륭한 글을 써도 맞춤법이 틀리다거나, 비문을 쓰거나, 중언부언하면 그 글은 좋은 이미지를 얻기 어렵고, 그러면 글에 대한 신뢰를 잃을 수 있기 때문이다.

 기억해야 할 점은 3가지다. 먼저 주술호응이 맞는지를 살펴봐야한다. 주어와 술어의 호응관계가 맞지 않으면 글에서 말하는 바가 무엇인지 파악하기가 어렵고 그렇게 되면 글이 가진 의미가 전달되지 않기 때문이다.

두 번째로, 군더더기가 많은 문장은 피해야 한다. 불필요한 말을 사용하는 것은 곤란하다. 글의 간결함은 모든 글이 갖추어야할 필수 요건이다. 군더더기는 모두 버리고 하고 싶은 말은 한 번만 한다는 생각으로 글을 쓰는 태도가 필요하다.

마지막으로, 반복을 피해야한다. 반복에는 같은 단어를 여러 번 사용하는 동어반복이나, 했던 말을 반복해서 주장하는 의미반복이 있다. 같은 말과 같은 의미를 담은 문장을 반복하다 보면 글이 지루해질 수 있고, 독자는 더 이상 그런 글을 읽으려 들지 않을 것이다.

연습) 다음 글을 고쳐보자.

> 습관은 선행기술을 도입 할 때 오류를 잡을 수 있다고 생각합니다.

이 문장은 주술호응이 맞지 않다. 주술호응이 맞는지는 주어와 술어만 떼어내서 읽어보면 금방 알 수 있다. 주어는 '습관은' 이고 술어는 '생각 합니다' 이므로, 이것을 연결하면 '습관이 생각한다.'가 되므로 주술호응이 맞지 않는 문장이 된다. 고친 문장은 아래와 같다.

→ 습관은(으로) 선행기술을 도입할 때 오류를 잡을 수 있다.

> 우리나라의 케이팝 가수들은 외국에서 아주 좋은 호평을 받고 있다.

'아주 좋은'과 '호평'이라는 단어는 같은 의미를 지니고 있다. 따라서 그 두 개는 '의미 반복'에 해당한다.

→ 우리나라 케이팝 가수들은 외국에서 호평을 받고 있다.

국립현대 미술관은 여전히 계속해서 주요한 관광명소로 남아 있다.

'여전히'와 '계속해서'도 '의미 반복'에 해당한다.

→ 국립현대 미술관은 여전히 주요한 관광명소이다.

함께 논의하는 협상은 평화로운 해결로 이어지는 여러 가능성을
열어준다.

'함께 논의하는'과 '협상'은 '의미 반복'에 해당한다.

→ 협상은 평화로운 해결로 이어지는 여러 가능성을 열어준다.

당신 인생에서 무엇을 하며 살아야 할지 가장 잘 결정할 수 있는
사람은 바로 당신 자신이다.

문장에 '당신'이라는 말이 반복해서 사용되어 글의 흐름이 좋지 않다.

→ 인생에서 무엇을 하며 살아야 할지 가장 잘 결정할 수 있는 사람

은 바로 당신 자신이다.

학생들은 행사에서 정한 복장규정에 언제든 기꺼이 따라야 하며
단정한 차림을 요구할 경우에는 캐주얼 복장을 입어서는 안 된다.

**중언부언하지 않고 간결한 글이 되게 하려면 불필요한 단어를 버린다.**

→ 학생들은 행사에서 정한 복장 규정에 따라야 한다.

① 하루 한 페이지의 필사로 글쓰기 첫걸음을 시작하라.

② 읽고, 생각하고, 쓰기는 하나로 연결되어 있다는 점을 잊지 말라.

③ 조금 쓰고 잘 쓰기를 기대하지 마라.

④ 글은 거짓말이 통하지 않는다. 진솔한 글이 사람의 마음을 움직인다.

⑤ 글이 써지지 않는다면 충분히 생각했는지 돌아보라.

⑥ 내가 가진 것 그 이상을 쓸 수 없다. 내 안을 먼저 채워라.

⑦ 늘 보던 것도, 새롭게 보도록 시야를 넓혀라.

⑧ 질문을 던져라, 그리고 답하라. 그 답을 글로 써라.

⑨ 글쓰기는 지름길이 없다. 내가 쓴 만큼 실력이 는다.

⑩ 글쓰기에서 쓰기는 10%이고 고치기가 90%를 차지한다.

3부
# 서평쓰기 2단계 : "읽기"

# 1

# 서평쓰기를 위한 '읽기'

**서평의 구성 요소**

　서평쓰기를 위한 읽기란 무엇인가? 보통의 독서와 서평쓰기를 위한 독서가 따로 있는 것은 아니겠지만, 서평 쓰기를 위한 읽기는 '글을 쓰기 위한 읽기'로써 좀 더 구체적인 행위를 포함한다. 이를 위해서는 서평의 구성요소가 무엇인지 먼저 파악해야한다. 서평의 구성요소를 알아야 그에 맞춤한 독서를 할 수 있기 때문이다.

| 서평의 구성 |
| :---: |
| ① 책소개 |
| ② 내용 |
| ③ 해석 |
| ④ 평가 |

서평은 크게 위의 4가지 범주의 내용으로 채워진다. 서평에는 먼저 ① 책이 어떤 책인지 말해주는 전체적인 소개가 필요하고, ② 책의 내용도 설명해야 하며, 또 책을 통해 어떤 도움을 받을 수 있는지에 대한 정보도 제공한다. 또 ③ 그 책에 대한 서평가의 견해와 생각이 담긴 해석이 실려야 한다. 마지막으로 ④ 해당 책을 최종적으로 평가하는 서평가의 글이 담겨야 한다. 인터넷에는 그저 책의 요약정리에 머무는 서평을 많이 볼 수 있는데 그것은 진정한 의미에서의 서평이라고 보기는 어렵다. 서평가의 해석이 빠진 서평은 전자제품의 사용설명서를 읽는 것과 다를 바 없기 때문이다.

서평을 쓰는 사람은 위와 같은 내용이 담긴다는 것을 염두에 두고 의식적으로 책을 읽을 필요가 있다. 이를 위해서는 어떻게 책을 읽어야 할까? 간단하게 말해, 먼저 책을 소개할 수 있도록 읽어야 한다. 읽으면서 책을 소개하는데 적합한 문장을 표시하고 메모해두었다가 서평을 쓸 때 인용으로 활용하기도 하고, 그 의미를 완전히 이해해야 서평에서 자신의 언어로 풀어서 글을 쓸 수 있다. 물론 여기에 자신의 생각과 해석을 덧붙이면 좋다.

● **'읽기'의 3단계**

1단계: 내용을 파악하면서 가볍게 읽는다.

2단계: 중요한 부분에 밑줄을 그으면서 천천히 읽는다.

3단계: 밑줄 그은 부분을 노트에 옮겨 적으면서 다시 읽는다.

### 1단계: 글의 내용을 파악하면서 가볍게 읽기

편안한 마음으로 책을 대한다. 책 표지도 보고, 목차도 보고, 책날개에 소개되어 있는 저자의 소개도 읽어본다. 책의 분위기, 작가의 문체 등이 어떤지 느껴보는 단계이다. 1단계에서의 책읽기는 책의 내용 정도만 파악한다는 마음으로 가볍게 읽는다.

### 2단계: 밑줄을 그으면서 읽는다.

2단계부터는 펜을 들고 읽기 시작한다. 밑줄을 긋기 위해서이다. 밑줄 긋는 부분이 정해져 있는 것은 아니다. 어디에 밑줄을 긋고 표시할 것인가는 전적으로 독자의 몫이다. 주로 처음 책을 접하면서 독자들은 중요하다고 생각하는 부분, 감명 깊은 구절, 요약하는데 좋을 만한 구절, 핵심이 잘 드러났다고 생각하는 문장에 밑줄을 긋는다.

여기서 밑줄 그은 부분을 중심으로 다시 읽기를 하는 것도 책을 입체적으로 이해하는 데 도움을 준다. 물론 사람마다 차이가 있겠지만 책을 다시 읽으면 책의 전체적인 내용 파악은 물론이고 저자가 말하려고 하는 바에 대한 자신의 생각을 갖게 되는 경우도 있다. 작가와 자신이 긴밀히 연결되었다는 느낌이나, 책과 관련하여 어떤 영감이 떠오르기도 한다. 또 재독을 하면 한 번 읽었을 때 미처 발견하지 못한 중요한 메시지가 떠오르기도 하고 새로운 문제의식을 발견하기도 한다.

### 3단계: 밑줄 그은 부분을 노트에 옮겨 적어라

밑줄을 그은 부분을 노트나 컴퓨터에 옮겨 적는 발췌를 한다. 서평을 쓰기 위한 전 작업인데, 사실 이 발췌의 작업은 고된 노동이다. 생각보다 시간도 많이 걸리고, 읽은 내용을 그대로 옮겨 적으려니 무용하다는 느낌을 떨쳐 버릴 수가 없다. 하지만 발췌노트를 만드는 일의 효과는 생각보다 크다. 발췌를 하면 책의 내용을 더 자세하게 이해하는 정독의 효과를 맛볼 수 있다. 발췌한 내용을 보면 결과적으로 책의 핵심이 담긴 '요약노트'가 된다. 수험생이 시험기간에 요약노트만 가지고 공부를 하듯 서평가는 서평을 쓸 때 이 발췌노트를 마르고 닳도록 활용한다.

이렇게 읽기의 3단계를 거치면 책을 3번 이상 읽는 효과와 더불어 책을 온전히 이해했다는 느낌이 든다. 적어도 이 책의 내용에 대해서만큼은 어떤 이야기라도 자신 있게 말할 수 있게 된다. 이 모든 훈련은 '서평 쓰기'를 위한 전 작업이라 할 수 있다.

2
## 느낌과 생각 달기

책을 읽고 발췌노트까지 만들어 놓았으면, 이제 본격적으로 자신의 느낌과 견해, 생각을 만들어내는 단계에 들어간다. 자신만의 사유를 '언어화'하는 단계라 할 수 있다. 여기서는 앞에서 만들어 놓았던 발췌노트를 십분 활용한다.

발췌노트에 옮겨 적은 내용을 보면서 떠오르는 느낌과 생각을 자유롭게 쓴다. 무엇을 써야 하는 강박 없이 자연스럽게 떠오르는 것을 그대로 적는다고 보면 된다. 아래의 예시 글을 보자.

예시1) 발췌+느낌·생각 달기

〈발췌〉

"저것에서 벗어나야 한다."고 "저것이 오빠라는 생각을 버리셔야 해요.

우리가 그토록 오랫동안 그렇게 믿어왔다는 것 자체가 바로 우리의 진짜 불행이에요……. 제 발로 나가주었더라면 오빠는 잃어버렸을망정 오빠에 대한 기억은 소중히 간직할 수 있을 텐데 말이에요. 내쫓아야 해요."

(프란츠 카프카, 『변신』, 문학동네, p114)

〈느낌·생각 달기〉

카프카는 벌레로 변한 잠자를 우리에게 보여주며 한때 사랑했던 가장으로서의 쓸모없음과 비참한 결론을 보여 준다. 물론 가족 구성원에 대한 쓸모와 사랑에 대해서는 많은 경우와 다양한 기준이 있다. 그러나 변신에서는 가족을 위해 헌신을 하던 주인공이 한순간에 벌레로 변하자 가족들은 그의 수고를 잊어먹고 자신들의 감정과 안위만을 생각한다.

가족의 편안한 생활 유지만이 가장의 역할인가? 가장이 경제력을 잃으면 물론 다른 가족들은 힘들다. 그럴 경우 그 가장의 자리는 축소될지는 몰라도 꼭 쓸모가 없어지지는 않을 것이다. 그리고 개개의 가족들마다 다를 것이다. 그런데 나는 직장에 매여 열심히 가족을 위해 살고 있는 나의 남편에게서 잠자의 모습을 본다. 또한 그런 생산역군의 활동을 하다 은퇴한 후 치매에 걸리신 시아버님에게서도 본다. 아니 사실은 그 잠자 가족들의 모습이 나에게 보일까봐 두렵다.

예시2) 발췌+느낌·생각 달기


〈발췌〉

"도덕적 버전"의 행복론을 주장한 아리스토텔레스와 "과학적 버전"의 행복론은 꺼내놓은 다윈의 진화론의 비교를 통해 저자는 자신이 생각하는 행복이란 무엇인가를 설명한다. 인간을 비롯한 지구상의 모든 생명체들은 생존을 위해 움직이게 설계되어져 있다. 그리고 "생존, 그리고 번식"

(서은국, 『행복의 기원』, 21세기북스, p72)


〈느낌·생각 달기〉

인간이 높은 지능을 지녀 여타 생명체들과 다르다고 주장하지만 100% 동물임은 위대한 철학자 아리스토텔레스도 부인할 수 없는 사실이다. 인간의 생존과 번식을 위해서는 상상을 초월하는 에너지와 끊임없는 엄청난 노력이 필요하다. 이를 위한 끊임없는 행위들을 해내기 위해 그때마다 매력적인 유인물이 필요하다. 인간에게 이것이 바로 행복감이라는 것이 저자의 생각이다.


위의 예시 글은 발췌+느낌·생각 달기를 해 놓은 부분이다. 이렇게 '발췌 노트'만 충실히 완성해두면 서평쓰기의 반은 해결된 셈이다. 나중에 알게 되겠지만, 서평은 이 '발췌노트'의 내용을 중심으로 작성되며, 이 내용을 어떻게 배치하느냐의 문제로 연결되기 때문이다.

　서평쓰기를 위한 읽기의 최고봉은 뭐니 뭐니 해도 '다시 읽기'다. 이 것은 아무리 강조해도 지나치지 않다. 제 아무리 뛰어난 글재주를 가진 사람이라고 해도 많이 읽고 분석하고 생각한 사람의 글을 당해낼 수가 없다. 한번 읽고 쓴 천재의 글이 열번 읽고 쓴 둔재의 글을 못 넘는다. 왜 그럴까. 반복해서 읽으면서 다시 생각하고, 쓰는 과정을 통해 글은 좋은 서평으로 거듭나기 때문이다.

　원로 문학평론가 김윤식 선생님은 생의 마지막 순간까지 글쓰기를 놓지 않으셨다고 한다. 생전에 어느 인터뷰에서 하신 말씀이 굉장히 인상적이었는데, 선생님은 서평을 쓸 때, 서평을 다 쓰고 나서 한 번 더 책을 읽는다는 부분이었다. 보통은 책을 읽고 서평을 쓰고, 퇴고 정도를 하면 끝이지만, 선생님은 이미 끝난 서평인데도 책을 한 번 더 읽는다는 것이다. 왜 그렇게 할까? 그것은 독서와 글쓰기에 대한, 스스로에 대한 엄격함이 아니었을까. 자신이 쓴 글에서 마지막까지 무엇이 부족한지, 잘못 읽고 글을 쓰지는 않았는지에 대한 검열인 것이다. 나는 선생님의 이러한 글쓰기 방식과 태도에 대해 놀라움과 함께 깊은 존경심을 느꼈다. 글쓰기에 대한 엄격함이란 이런 것이다. 우리가 책을 다시 읽는다는 것은 작가에 대한 예의 표명인 동시에 그것을 전달하고 해석하는 자신에 대한 서릿발 같은 회초리라 할 수 있다.

# 3

# 서평쓰기를 위한 단 하나의 질문

　좋은 서평에는 서평가의 질문이 반드시 담겨있다. 따라서 서평쓰기에서 가장 중요한 것은 책을 통해 문제를 설정하는 능력 즉, 질문을 만들어내는 능력이다. 질문과 해석이 빠진 서평은 공허하다. 어떤 의미도 발견할 수 없기 때문이다.

　책을 읽고, 밑줄을 긋고, 그것을 발췌하고 느낌과 생각을 달아놓는 '발췌노트'까지 완성했다면, 그 다음 단계는 '질문 만들기'로 넘어간다. 책을 읽고 발췌를 하면서 떠오르는 느낌과 생각을 연결해 질문을 만들어 본다. 질문이 생성되지 않는 책은 없다. 아무리 허접한 내용의 책이라 하여도 "왜 이렇게 쓸모없는 책을 썼을까?"라는 질문이라도 나오게 마련이다. 책을 읽고, 궁금한 것이 전혀 없더라도 "나는 왜 질문이 없는가?"라는 질문이라도 만들어지는 법이다. 어쨌든 책을 읽으면서 생성된 질문을 손에서 놓지 않고 그에 대한 생각을 끝까지 물고 늘어지는 것이 중요하다.

서평가가 책을 읽고 던진 질문과 그에 대한 서평가의 대답을 합쳐 '해석'이라고 한다. 그래서 한 편의 서평은 한 편의 창조물이다. 책이라는 소재에서 서평가 나름의 사유를 이끌어 낸 결과물이기 때문이다. 서평가는 이러한 해석의 작업을 함으로써 해당 책이 다시 태어나는 역할을 하기도 한다. 책이 가진 의미를 새롭게 발견해 주기 때문이다. 이러한 일련의 과정이 잘 담긴 서평이 훌륭한 서평의 요건에 부합한다.

눈치가 빠른 분은 알아챘겠지만, 바로 이 질문을 만들어내는 과정 그 자체가 생각하는 행위라고 볼 수 있다. 생각은 대개 주어진 질문에 대해 대답하는 것이라고 느끼기 쉽지만, 질문 자체를 만들어내는 것은 좀 더 근본적인 사유의 행위인 것이다.

질문을 만들기 위해서는 먼저, 책을 읽으면서 궁금한 점은 모조리 메모한다는 마음으로 몽땅 적어야 한다. 가령 소설가 밀란쿤데라의 책에는 보통의 작품에서는 빠지지 않고 달리는 해설이 없다는 걸 확인 할 수 있다. 쿤데라의 모든 작품에는 그 어떤 해설도 없다. 그렇다면 독자는 궁금할 수 있다. 여러분이 독자라면 어떤 질문을 하겠는가? 왜 쿤데라는 자신의 작품에 해설을 달지 못하게 했을까? 해설이 필요 없다는 것일까? 해설을 달면서 올 수 있는 여러 의견들을 인정할 수 없다는 뜻일까? 등등. 이렇게 책에 관련한 모든 질문을 다 적고 난 뒤, 그 중에서 서평에 담을 만한 단 하나의 질문을 골라 그에 대한 생각을 발전시켜 글로 쓰는 것이 중요하다. 하나의 질문을 요리조리 가다듬으면서 마침내 좋은 질문으로 만들어 내는 것이다. 그리고 그 질문에 대해 나름의 대답을 찾기 시작한다. 밥을 먹을 때나, 청소를 할 때나, 걷는 등의 일상생활에서도 그 질문에 대한 대답을 생각해본다. 당연히 그 결과물을 글로 적어야 한다. 서평가는 이렇게 스스로 질문을 던지고, 생각하고, 그것을 글로 옮기는 사람이다.

### ● 질문하고 답하기

다음 글은 서평가 이현우의 『노인과 바다』 서평이다. 다음 서평을 읽고 어떻게 질문을 던지고 그에 대한 대답을 글로 썼는지 살펴보자.

84일 동안 고기를 한 마리도 못 잡은 산티아고 노인은 사십일까지는 동행하던 소년의 부모가 이른 대로 이젠 운수가 바닥이 난 것처럼 보인다. 전설적인 어부였는지 모르지만 이제 더는 그렇지 않다. 그는 늙었다. 하지만 그의 두 눈은 여전히 생기와 불굴의 의지로 빛난다. 그는 85가 행운의 숫자라고 믿으며 다시금 출항한다. 그는 거대한 물고기를 잡기 위해 먼바다에 가서 깊이 낚싯줄을 드리운다. 예상을 훌쩍 넘어선 대단한 놈이 미끼를 물고 사흘간의 쟁투가 벌어진다. ①'평생 듣도 보도 못한 굉장한 물고기'와의 무모한 사투는 노인에게 어떤 의미를 갖는가.

사랑하고 존경한다고까지 말하지만 노인은 상대인 청새치를 죽이려고 한다. 생계는 부차적이다. "나는 인간이 어떤 일을 할 수 있는지, 또 얼마나 견뎌낼 수 있는지 놈에게 보여주고 말겠어"라는 게 그의 결심이다. ②즉, 그는 자기의 존재를 증명하기 위해

싸운다. 헤겔 식으로 말하면 누가 주인인지를 겨루는 '인정투쟁'이다. 생사를 건 이 투쟁에서 비켜나 패배를 자인하면 노예로 전락한다. 더불어 이 투쟁에선 과거의 증명이 아무 의미를 갖지 못한다. '지금 이 순간'이 전부이며 매번 새롭게 자기를 증명해 보여야 한다. 서로를 닮은 이상한 노인과 이상한 물고기의 자존심까지 건 쟁투가 갖는 의미다.[1]

헤밍웨이의 소설 『노인과바다』는 노인이 반복되는 실패에도 불구하고 매일 고기를 잡으러 가는 이야기다. 84일 동안 이어지는 실패에도 포기하지 않고 85일째 되는 날 노인은 또 물고기잡이를 나간다. 그렇다고 물고기를 잡지 않으면 생계가 곤란해지는 것도 아니다. 여기서 서평가는 노인이 계속 물고기잡이를 하는 이유가 궁금했을 것이다. 그래서 ①과 같은 질문이 나온다. 서평가는 '도대체 왜 노인은 물고기를 계속 잡으러 바다에 나가는가? 그런 무모한 도전이 노인에게 무슨 의미가 있는가?'를 묻는다.

서평가는 이렇게 자신이 만든 질문에 대해 나름의 사유를 써나간다. ②는 질문에 대한 서평가의 답으로, 요컨대 노인은 자신의 삶의 주인이 되기 위해 실패에도 아랑곳하지 않고 바다로 나간다는 것이다. 주인에게 "삶은 '지금 이 순간'이 전부"이며 그러기 위해서는 "매번 새롭게 자기를 증명해 보여야 한다"는 것. 노예는 자기를 증명해 보일 필요가 없다. 삶의 주인만이 자신의 삶이 무엇인지에 대한 증명이 필요하다. 노인

---

1   이현우, 「노인과 청새치의 존재 증명 투쟁」, (한겨레신문), 2013.12.01

의 존재는 바로 어부이므로 바다에 나가 물고기를 잡는 '그 순간'이 노인이 어부임과 동시에 그 자신이 삶의 주인임을 증명해 보일 수 있는 것이다. 따라서 어부는 바다에 나가서 물고기를 잡아야만 한다. 그러므로 물고기잡이는 노인이 어부라는 존재를 증명하기 위한 중요한 행위이다.

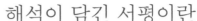

# 해석이 담긴 서평이란

    니체는 "모든 해석은 창조다"라고 말했다. 우리가 책을 반복해서 읽고, 밑줄을 긋고, 느낌과 생각을 달고, 질문을 하는 모든 행위는 결국 '해석'을 잘 하기 위한 것이다. 해석은 우리 삶에 '의미를 부여하는 과정'이라 할 수 있다. 인간은 현실을 경험하고 인식하며 살아가지만 그것에서 어떤 '의미'를 이끌어내지 못하면 삶의 방향을 잃고 허무에 빠지고 만다. 삶에 '의미'가 있어야만 인간은 살 수 있다.

    산과 바다와 같은 자연은 그 자체로서는 인간에게 어떤 의미를 갖지 못하지만, 인간이 그 자연물에 의미를 부여하기 시작하면, 그때의 자연은 그냥 자연이 아니라 인간과 함께하는 '자연', 우리가 지켜 내야 하는 '자연' 등등의 의미를 갖는다. 집 앞의 나무는 그 자체로는 그냥 나무 일 뿐이지만, 내가 그 나무에게 의미를 부여하는 순간 그 나무는 다른 나무와는 다른 '나의 나무'가 되는 것이다.

"인간은 이해하는 만큼 존재하며, 해석하는 그 모습대로 존재하게 된다. 이해하고 해석하므로, 나는 그렇게 존재한다. 내가 가진 것, 소유한 것, 누리는 것이 나의 존재가 아니라, 이해하고 해석한 그 세계가 나 자신이며 나의 존재인 것이다."

(신승환, 『철학, 인간을 답하다』, 21세기 북스)

인간의 삶은 '해석'으로 작동된다고 해도 과언이 아니다. '해석'이 없는 삶은 상상할 수 없다. 따라서 '해석'을 어떻게 하느냐에 따라, 내 삶의 의미도 달라질 수 있다. 내가 '해석'해 내는 만큼 내 삶이 결정되는 것이다. 이것만으로도 '해석'의 작업을 해야 하는 충분한 이유가 된다.

"인간의 삶은 현실을 경험하고 인식하며, 그것에 의미를 부여하는 과정이다."

-안드레이 벨르이 (러시아 상징주의자)

서평쓰기는 이러한 해석력을 키우는 최고의 훈련과정이다. 책을 읽고 그것이 무엇을 보여주고, 말하는지를 우리의 삶과 연결해서 그 의미를 밝혀내는 글이 서평이기 때문이다.

다음의 글을 읽고 각각의 서평가는 어떻게 '해석'을 도출하고 있는지 살펴보자. 나아가 읽으면서 도출되는 '해석의 툴'을 정리해 보자. 약간 어려울 수 있기 때문에 글쓰기 초보자는 그냥 넘어가도 된다. 나중에 서평쓰기를 시작할 때 읽어도 좋다.

## 예시1) 문학 서평

①소설가인 나는 블랙박스를 사러 갔다가 자신과 이름이 같은 점원을 만난다. 인터넷 검색으로 내가 소설가임을 뒤늦게 알게 된 그의 적극적인 구애에 못 이겨 나는 호형호제 하는 정도의 친분을 허락한다. 실은 마감을 앞두고 글감이 떠오르지 않아 막막하던 차에 그로부터 이야기 하나를 뽑아낼 수 있겠다는 계산도 있었던 터였다. 알고 보니 그는 꽤 거칠고 험한 삶을 살아온 사내여서 이야깃거리를 풍부하게 갖고 있는 데다 한때 소설가를 꿈꾸기도 했던 지라 나에 대한 존경심이 대단하다. 그가 어느새 나의 건강과 살림까지도 세세하게 챙기는 것을 나는 내버려 둔다.

②그가 제공한 소재로 소설을 쓰다 탈진하고 깨어나 보니 내가 미처 못 다 쓴 뒷부분을 그가 천부적이다 싶은 재능으로 완성해 놓은 것을 발견하고 나는 놀란다. 밑천과 역량이 고갈된 상태였던 나는 아예 그와 공동작업을 시도하고 나중에는 급기야 그의 초고를 퇴고만 하여 발표하는 지경에 이른다. 은근히 기세등등해져 이제 거액이 걸린 장편 공모에 도전하자는 그에게 내가 작가적 자존심과 직업윤리를 들먹이며 제동을 걸자 그는 둘의 비밀을 세상에 폭로하겠다고 위협하면서 이제는 자신이 모든 소설을 알아

서 쓸 테니 당신은 이름만 여기 내려놓고 사라지라고 겁박한다.

③ 메피스토펠레스와의 계약으로 파멸하는 예술가의 이야기? 그런데 결말이 어리둥절하다. 그에 의해 내가 쫓겨나며 끝나는가 했더니 오히려 그래서 내가 그를 죽여야만 했다는 고백이 이어지기 때문이다. "네가 죽고 난 뒤 나는 새롭게 불태울 숲을 찾는 화전민처럼 동네를 옮겼다." ④ 나와 이름이 같은 그는, 작가인 내가 막다른 골목에서 필사적으로 찾아낸, 내 안의 또 다른 나였던 것. 소설가는 끊임없이 내 안의 또 다른 나를 찾아내야 하고 그에게 펜을 맡겨야 한다는 것, 그러다 그가 긴장을 잃고 타락하려 하면 그를 죽이고 또 다른 나를 찾아 떠나야 한다는 것.

⑤ 돌이켜 보면 블랙박스를 살 때부터 예정된 결말이었다. 소설가의 삶이란, 블랙박스에 찍힌 자신처럼 낯설고 신선한 나, 그런 나를 끊임없이 찾아내고, 착취하고, 떠나는 삶인 것이다. 그러나 이 화전민 같은 삶이 소설가만의 것일까. 도저히 더는 못 살겠다고 말하는 나를, 그럼에도 살아보자고 말하는 다른 나가 설득하며 살아가는 것이 모두의 삶 아닌가. 그 다른 나가 기진맥진하면 거기서 또 다른 나를 쥐어짜내며 그렇게 우리는 여기까지 오지 않았던가. 나도, 당신도, 이 나라도. "이 시대에도, 이 더러운 역사 속에서도 사는 것이 죽는 것보다 훨씬 가치 있다." 이 책의 다른 소설에서 성석제는 이렇게 말했다.[2]

---

2    신형철, 「그래도 살자고, 작가가 말했다」 中에서, (중앙일보), 2016.11.12

성석제의 소설 『믜리도 괴리도 업시』를 읽고 문학 평론가 신형철이 쓴 글이다. 신형철은 ①,②에서 소설의 내용을 정리하면서 ③에서부터 본격적인 '해석'의 작업을 한다. ④와 ⑤에 나타난 '해석'은 대필을 해주던 소설 속 인물이 사실은 소설가 나의 내면 안에 있던 또 다른 나라는 존재라는 것, 그러니까 나를 파멸에 빠지게 한 존재는 결국은 내 안에 있는 또 다른 나였던 것이다. 단지 내가 그 존재를 잘 알지 못했을 뿐이다. 그래서 내가 나를 죽이는 기가 막힌 상황이 벌어지고 있는 것이다. 여기서 신형철은 ④와 같은 '해석'을 이끌어낸다. 소설은 '인간의 내면에 분명 존재하고 있지만, 잘 알아채지 못하는 존재를 실체로서 보여주고 있다'고.

　여기서 '해석'의 툴이 하나 발견된다. 해석이란 보이지 않는 혹은 숨겨져 있는 실체를 끄집어내어 우리에게 보여주는 역할을 한다는 것. 해석이란 커튼 뒤에 가려져있던 무엇인가를 보여주기 위해 커튼을 걷어버리는 행위이다. 해석자가 커튼을 쳐버리면 우리는 그 안에 무엇이 있는지 확인 할 수 있다. 그리하여 우리는 모른다는 무지의 세계에서 앎의 세계로 나아갈 수 있다.

　뒤이어 신형철은 ⑤에서 또 하나의 '해석'을 덧붙인다. 그것은 소설에서의 주인공의 행동과 선택이 지금 우리들의 삶과 무엇이 같고 또 다른가를 따져보는 것이다. 여기서 두 번째 '해석'의 툴이 발견된다. '해석'을 하는 또 하나의 방법은 소설의 상황과 지금 우리들의 삶을 '비교'해 보고, 우리가 놓치고 있는 것이 무엇인지를 탐구해 보는 작업이다.

　소설 속 인물이 하는 행동과 선택을 찬찬히 살펴보니, 내 삶도 그와 비슷하게 흘러가거나 같다면, 내 삶도 소설의 인물의 삶과 다를 바가 없을 것이다. 그렇다면 "지금 내 삶의 의미는 무엇인가?"라는 질문을 다시 던져볼 수 있다. '해석'은 이렇게 '지금 내 삶을 다시 들여다보게 하고, 그 의미를 다시 묻고 새롭게 설정할 수 있게' 한다. '해석'은 나와 삶에 대해서 다시 질문하게 한다.

위의 서평의 핵심은 요컨대 '내 안에 내가 너무도 많아!' 그렇게 각기 다른 나의 정체를 알지 못하면, 인간은 그 알 수 없는 '나'라는 정체에게 속수무책으로 당할 수 있다는 경고이다. 그렇다면, 서평의 충실한 독자의 입장으로서 우리도 다시 질문을 던져보자. 우리는 다음과 같이 물을 수 있다. "당신은 당신 안에 있는 그 수많은 당신의 정체를 알고 있습니까?", "그 알 수 없는 정체가 당신을 어디로 이끌고 갈지 예상할 수 있습니까?", "그 정체가 당신을 파멸시켜도 좋습니까?", "그 알 수 없는 또 다른 나에게 속수무책 당하지 않기 위해 뭐라도 해야 하지 않겠습니까?", "당신은 무엇을 하시겠습니까?" 이 책을 읽고, 서평까지 읽는다면 우리는 우리에게 던지는 질문이 분명 새로워 질 것이다. 그 질문은 우리를 또 다른 인식의 지평으로 한 뼘 가깝게 다가가게 해 주지 않겠는가. 좋은 서평은 이렇게 독자의 생각을 새롭게 이끌어내는 서평이라 할 수 있다.

### 예시2) 비문학 서평

①근대 사회 이후 인간-자연, 문명-야만, 서구-비서구 등 이분법이 지배해왔다. 다윈의 진화혁명에도 불구하고 인간을 자연과 대

비해, 자연 밖의 존재나 진화의 종착역쯤으로 특수화하는 경향이 생물학에서도 강했다. 그러나 저자가 줄곧 말하고자 하는 바는 인간은 자연의 진화 속에 있고, 지금도 진화는 계속된다는 점이다. 우리 종은 다른 종의 진화에 영향을 주며, 다른 종은 우리 종의 진화에 영향을 준다. 이 과정에서 어떤 종은 길들임을 거부했고(다른 종을 택했을지도), 어떤 종은 길들여져 도움을 주고 이익을 취했다. 공진화의 가장 강력한 형태인 가축이 되는 과정은 쌍방향이다.

②지은이는 진화가 일어나는 자연을 온갖 생물들이 '뒤엉킨 강둑'으로 표현한 〈종의 기원〉 마지막 단락을 바꿔 쓰면서 책을 끝맺는다. 지은이는 정원에서 사과나무의 가지를 쳤는데, 열매를 먹기 위해서이기도 했지만 "눈을 즐겁게 하기 위해서"이기도 했다. 사과나무를 중심으로 윙윙거리는 벌들과 검은 수송아지, 오색딱따구리가 모이고 흩어진다. 정원은 길들여진 것과 길들여지지 않은 것들이 뒤엉킨 강둑과 같았다.[3]

위의 글은 앨리스 로버트의 『세상을 바꾼 길들임의 역사』를 읽고 남종영 기자가 쓴 서평이다. 기자는 이 책을 읽고 어떤 '해석'을 도출하고 있는지 살펴보자.

먼저, 남종영은 ①에서 책의 내용을 충실하게 전달한다. 비문학 책에

---

3  남종영, 「우리는 길들인다, 고로 진화한다」 中에서, (한겨레), 2019.12.20.

대한 서평에서는 그 책의 핵심이 무엇인지 정확하게 파악하고 알기 쉽게 전달하는 것만으로도 좋은 서평이 될 수 있다는 것을 보여주는 사례이다.

서평가는 이 세계의 역사는 "공진화의 과정을 거쳤으며 그것은 쌍방향"이라는 점을 설명하면서 ②에서 그에 대한 자신의 '해석'을 밝힌다. 그것은 이 책의 저자인 앨리스 로버트의 입을 빌려서 한 것으로, 진화의 과정은 "길들여진 것과 길들여지지 않은 것들이 뒤엉킨 강둑"이라고 말한다. 그러니까 진화는 서로 이질적인 것들이 뒤엉켜 나름의 체계를 밟아 나가는 과정이라는 메시지를 전달한다. 여기서 세 번째 해석의 틀이 나온다. '해석'이란 책의 주장에 덧붙여서 자신의 주장을 하나 더 얹는 행위이다. 저자의 주장을 '한 번 더 강조'하는 것이다. 그것은 책의 내용과 다르게, 서평가 나름의 언어로 추가해서 쓰는 글로, 그 의미는 통하지만 서로 다른 언어이다. 말하자면, '다르게 설명하기'이다.

### 예시3) 영화 서평

①늙은 개가 죽었을 때 아버지는 딸에게 떠나고, 늙은 할머니가 죽자 딸이 아버지를 찾아온다. 장례식장에서 아버지는 말한다. "문제는, 항상 일들을 끝마치는 것뿐이었어. 그러다 인생은 그냥 지나가지. 순간을 놓치지 않으려면 어떻게 해야 하지? 가끔씩 앉아서 기억을 떠올리는 거야. 하지만 그런 건 나중에 깨닫는 수밖에 없어. 바로 그 순간에는 불가능해." 이 말을 듣고 딸은 처음으로 아버지의 주머니에서 틀니를 꺼내 입에 끼우고 우스꽝스런 표

정을 짓는다. 아버지가 카메라를 가지러 간 사이 딸은 틀니를 빼고 정원에 혼자 남아 먼 곳을 쳐다본다. 그 표정은 여전히 밝지 않다. 영화의 이 마지막 장면은 인생의 의미에 대한 딸의 '깨달음'이 아직 불가능함을, '깨달음'은 언제나 나중에 올 수밖에 없음을 보여준다.

②딸은 언젠가 이 모든 시간이 지난 후에 틀니를 끼고 가발을 쓴 아버지가 자신을 당황스럽게 만들었던 그 순간을 기억할 것이다. 아버지는 아직 오지 않은, 언제나 미래에 올 수밖에 없는, 그 행복의 '순간'들을 만들어준 것이다. … 과거의 힘, 순간의 힘은 사라지지 않는다. … 가족에게 행복의 순간을 주지 못한 한국의 아버지는 죽은 후에 자기 없이 행복한 가족을 보며 눈물을 흘릴 수밖에 없다. 모든 세대에 걸쳐 노동을 착취하고 강요하고 신성화하는 한국 사회가 망가뜨리는 것은 일상이 아니다. 그것은 순간을 없앰으로써 동시에 과거와 현재와 미래, 곧 시간 전체를 망가뜨린다. 모든 것을 숫자로 환원하는 사회에서 아무것도 아닌 순간을 간직하는 일은 불가능하게 여겨질 만큼 힘들지만 그것 없이는 시간도, 구원도, 역사도 없다. 순간에 대한 열정, 그것은 사랑과 영화와 정치와 문학의 다른 이름이기도 하다.[4]

위의 글은 아데 감독의 영화 〈토니 에드만〉를 보고 문화평론가 문강

---

4  문강형준, 「순간에 대한 열정」 中에서, 〈씨네21〉, 2017.4.27.

형준이 쓴 글이다. 문강형준은 이 영화를 보고 어떤 '해석'을 도출하고 있는지 살펴보자.

문강형준은 '깨달음'이라는 주제를 먼저 설정하고 글을 풀어나가고 있다. 영화가 '깨달음'이라는 주제에 대해서 무엇인가를 말하고 있다고 생각하고, 등장인물들이 어떻게 '깨달음'에 이르는지를 관찰한다. 그 결과 '깨달음'은 지금의 순간에는 결코 얻을 수 없고, 항상 나중에 올 수밖에 없는 어떤 것이라는 사실을 알게 된다는 점을 ①를 통해 보여준다. 여기서 네 번째 해석의 툴이 발견된다. 그것은 주제 키워드를 설정하고 등장인물이 어떻게 행동하고 어떤 선택을 내리는지를 면밀히 관찰하는 데서 시작할 수 있다는 것이다. 그 관찰의 결과 '깨달음'에 대한 새로운 사실을 알 수 있게 된 것이다.

그러므로 ②에서 우리에게 중요한 것은, "과거의 힘, 순간의 힘"이라고 문강형준은 역설한다. 과거의 순간이 미래를 만든다. 따라서 순간을 만들지 못하는 삶은 밝은 미래를 기대할 수 없으며 그것은 이미 삭제당한 삶이라는 것을 노동을 착취당하는 한국의 사회를 빗대어 설명하고 있다.

위에서 나왔던 '해석의 툴'을 정리해 보자.


① '해석이란' 숨겨져 있는 실체를 끄집어내어 우리에게 보여주는 역할을 한다. 그러므로 서평가는 책에서 우리가 못보고 놓치고 있는 것은 무엇인지를 파악하는 노력을 해야만 한다.

② '해석이란' 책의 상황과 지금 시대의 삶을 '비교'함으로써, 무엇이 같고 무엇이 다른지 파악해 내야 한다. 그러므로 서평가는 책과 현실을

연결하는 노력을 게을리 하면 안 된다.

③ '해석이란' 책의 주장을 알기 쉽게 설명하고 거기에 덧붙여서 자신의 주장을 하나 더 얹는 작업이다. 저자의 주장을 '한 번 더 강조'하고 자신의 추가된 주장으로 독자를 설득한다. 그러므로 서평가는 저자의 주장을 '다르게 설명하는 글쓰기 훈련'을 꾸준히 해야 한다.

④ '해석이란' 세밀하게 관찰하는 행위로 시작한다. 대상 텍스트에서 핵심 키워드를 뽑아내고, 그에 따라 인물들이 어떻게 생각하고, 행동하는지를 관찰하면서 그 결과를 도출해 내는 작업이다.

지금까지 알 수 있는 '해석의 툴'을 이용해 서평가는 보여주고, 설명하고, 비교하고, 관찰하고, 연결한다. 그리하여 해당 텍스트가 어떤 의미를 갖는지를 밝혀낸다. 물론 아직 여기서 언급한 것 외에 아직 발견되지 않은 '해석의 툴'이 있을 것이며 또한 앞으로 새롭게 제시될 '해석의 툴'이 있을 것이다.

4부
# 서평쓰기 3단계 : "쓰기"

1. 서평쓰기가 어려운 이유
2. 구조를 알면 쉽게 쓸 수 있다.
3. 서평의 문장
4. 독창적인 서평이란

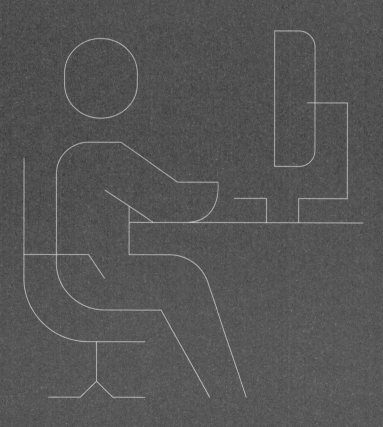

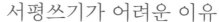

# 1
# 서평쓰기가 어려운 이유

앞 선 장에서 우리는 글쓰기의 기본기를 다지는 법부터, 서평을 위한 읽기 방법, 느낌과 생각을 쓰고 해석을 하는 서평쓰기의 여러 방법들을 살펴보았다. 물론 방법을 배웠다고 바로 서평을 쓰게 될 리 만무하다. 그만큼 글을 쓰는 일은 어렵다. 그렇다면 한 번 쯤은 서평을 쓰기가 어려운 이유에 대해 짚어보는 것도 필요하다. 지피지기면 백전백승이라고 글쓰기를 가로막는 것이 무엇인지 알고 이해하면 그 어려움을 넘어갈 수 있는 용기와 방법도 생겨나는 법이니까.

큰마음을 먹었어도 서평을 쓰기가 어려운 이유 중 하나는, 글을 쓰는 사람들의 반드시 넘어야할 난관인 '자기검열' 때문이다. 처음 글을 쓰기로 했다면, 거대한 '자기검열'의 벽을 마주하게 될 것이다. "내가 잘 할 수 있을까?"부터 시작해서 "이렇게 쓰는 게 맞는 건가?", "왜 이거 밖에 못 쓰지?", "사람들이 내 글을 보고 비난하면 어떡하지?"등등. 그러나 이러한 글쓰기 초보자의 발목을 잡는 걱정들은 사실 '잘 쓰고 싶다'라는 마음의 발로에서 비롯된다. 그 '잘 쓰고 싶다'는 마음은 글쓰기의 동력이 될 수도 있지만, 그것이 '잘 써야 한다'는 강박으로 이어지면 글쓰기는 어려워진다. 그런데 생각해보라, 처음 쓰는 데 어떻게 잘 쓰기까지를 기대하는가? 그건 좀 과한 욕심이 아닐까? 그러니 일단 '잘 쓰고 싶다'는 마음을 내려놓고 시작하길 바란다.

초보자가 갖는 글쓰기에 대한 과한 욕심은 자신에 대한 높은 기대치를 가진 사람에게 많이 나타난다. 그러니까 '자의식'이 강한 사람은 글쓰기를 상당히 어려워한다. '자의식'이 강하다는 것은 현대인들에게서 나타나는 공통된 특징이기도 하다. 저마다 귀하게 성장하고 또 대접받길 원하다보니 생겨난 일종의 '자기애 현상'이다. 지금 시대는 사람들이 자신을 '특별한 존재'로 생각하는 태도가 글쓰기에서는 걸림돌로 작용한다. 자신의 생각대로 글쓰기의 결과물이 나오지 않으면 실망하고 좌절한다.

서평쓰기가 어려운 또 다른 이유는 다른 사람의 평가를 참기 어려워한다는 점이다. 서평쓰기 지도의 어려움도 여기에서 비롯된다. 부족한 점을 지적하면 낯빛이 변하면서 자존심에 상처를 입고 다음 수업에서 결석을 해버린다. 이런 사람은 '잘 썼다'는 칭찬만 듣기를 원한다. (그렇다고 칭찬만 늘어놓을 수 없는 글쓰기강사는 괴롭다) 하지만 글쓰기는 칭찬만 들어서는 절대 늘 수 없다. 자신의 글에서 부족한 점이 무엇인지 알고 계속해서 고치는 사람만이 글쓰기 실력이 는다. 반복해서 말하지만, 글은 쓰는 만큼 늘게 되어있다. 이건 세상이 뒤집혀도 바뀔 수 없는 진리와도 같다. 글쓰기만큼 정직한 분야도 없다는 것을 다시 한 번 상기

하면서 꾸준히 쓰는 노력을 기울여야 한다.

그 다음으로 서평 쓰기가 어려운 이유는, 자신의 수준보다 어려운 책을 읽었을 경우이다. 이해도 되지 않는 책은 서평을 쓰기가 어렵다. 유발 하라리의 『호모데우스』의 서평회에서 어떤 서평자가 "인간이 데우스가 된다는 것이 무슨 뜻입니까?"라는 질문을 받고 대답을 못해서 쩔쩔매는 서평가를 본 적이 있다. 서평은 내가 온전히 이해할 수 있고 장악해서 쓸 수 있는 책으로 시작하면서 점차적으로 그 수준을 높여가야 한다.

그 외에 서평을 쓰기가 어려운 여러 가지 이유가 있을 것이다. 마음의 준비가 안 됐다거나, 읽었는데 정리가 안 된다거나, 어떻게 표현해야 할지 모르겠다거나 등등. 그러나 명백한 사실은 이 모든 어려움을 딛고 써야만 한다는 것이다. 자꾸 써보면 진짜 쓸 수 있게 된다. 행복해도 쓰고, 슬퍼도 쓰고, 귀찮아도 쓰고, 열정이 넘칠 때도 쓰고 또 써라! 그리하여, 쓰는 자만이 맛볼 수 있는 자유의 세계로 넘어오라. 전혀 다른 세계가 펼쳐질 것이니.

## 🗨 덧붙임 - 나만의 정보 자료 파일을 만들고 활용하는 법

글 쓰는 사람에게 꼭 필요한 것이 자료파일이다. 자료 파일은 글쓰기의 보물창고이다. 주제에 따라 필요한 지식과 정보를 얻을 수도 있고 글쓰기에서 '인용'으로 활용할 수도 있게 자료파일을 만들어 놓으면 여러모로 활용도가 높다. 주제별로 내용별로 정리된 자료파일은 그 자체로 훌륭한 '탐구노트'가 된다.

내 컴퓨터 파일에는 자료 파일이 항목별로 다음과 같이 크게 분류되어 있다.

```
철학
문학
사회·경제
심리
종교
역사
```

이 큰 항목을 세부항목으로 나누고, 또 세부항목에 구체적인 내용의 자료를 정리해 놓는다. 여기에 기록되는 자료는 대부분 책과 저널, 신문 등에서 얻은 지식과 정보들의 요약이나 발췌들이다.

| 철학 | 문학 | 사회·경제 | 심리 | 종교 | 역사 |
|---|---|---|---|---|---|
| -고대철학 | -러시아문학 | -자본주의 | -프로이드 | -원시종교 | -서양역사 |
| -중세철학 | -프랑스문학 | -민주주의 | -융 | -기독교 | -한국역사 |
| -근대철학 | -영국문학 | -공산주의 | -라깡 | -불교 | . |
| -현대철학 | -독일문학 | . | -지젝 | . | . |
| . | -한국문학 | . | . | . | . |
| . | . | . | . | . | . |
| . | . | . | . | . | . |

 이렇게 나뉜 항목을 따라 세부 항목으로 들어가면 더 구체적인 주제의 파일이 있다. 예를 들어, 문학 항목의 러시아 항목으로 들어가면, 러시아 작가들이 나오고, 또 세부항목으로 들어가면 더 구체적인 항목이 나오는 식이다. (나는 문학을 연구하는 사람이다 보니 관심사항은 문학과 관련된, 심리·종교·역사·철학 등의 내용이 많다.) 예를 들어, 도스토예프스키와 관련된 글이나 정보는, 문학·러시아 문학·도스토예프스키 → 1.작가 2.작품세계 3.작품목록 4.작품_가난한사람들 → 배경. 내용. 발췌. 질문. 주제. 글쓰기 등으로 정리해둔다. 이렇게 주제에 따라 항목별로 나눠놓는다.

 또 개념별로 항목을 나눠놓기도 한다. 예를 들어, 자유, 무의식, 혐오, 욕망, 불안, 허무, 나르시시즘, 폭력·희생양, 포스트모더니즘 등등

 항목을 나누는 기준은 나의 필요에 의해서이다. 언제든지 자료노트에서 쉽게 찾을 수 있고, 내 글에 활용할 수 있게 만드는 게 핵심이다. 그렇다면 이 자료노트에는 무슨 내용이 있는가? 그것은 내가 공부와 독서를 하면서 얻은 내용들 중에서 그 항목에 들어갈만 하고, 나중에 인용으로 활용할 만한 내용, 기억해두면 도움이 될 만한 내용을 발췌한 부분들이

다.

이 자료노트가 질과 양적인 측면에서 풍부해지면 질수록 독서의 폭도 넓어진다는 걸 느낄 수 있으며 나아가 부족한 부분은 무엇인지 알 수 있게 된다. 한마디로 자료파일은 내 독서의 지형도인 셈이다.

반복해서 말하지만, 자료파일은 글을 쓸 때, 정보를 확인하고 글쓰기의 인용으로 활용할 수 있다. 천재가 아닌 이상 글을 쓸 때마다 어느 책의 어떤 문장이 번개처럼 떠오를 리 만무하다. 우리는 그때 이 자료파일을 들여다보고 인용할 만한 문장이나 내용을 발견할 수 있는 것이다. 훌륭한 글은 아예 직접 인용하기도 하고 자신의 언어로 풀어서 인용할 수도 있다.

명심해야할 것은 출처는 꼭 밝혀야 한다는 점이다. 다른 사람의 글을 자신의 글처럼 쓰는 것은 일종의 도둑행위이기 때문이다. 이 자료파일이 서평쓰기에만 필요한 것은 당연히 아니다. 그 자체로도 훌륭한 공부가 되지만 서평 이외의 글쓰기로 칼럼이나 비평, 논설, 에세이에서도 활용가능하다.

나의 느낌과 생각만으로 된 글은 일기에 불과하다. 진짜 글이 되기 위해서는 사람들의 공감을 얻어내야만 한다. 그럴 때 필요한 것이 인용이라 할 수 있다. 인용을 하면 자칫 밋밋해질 수 있는 글이 내용적으로 풍부해지고 입체적인 글이 된다. 글을 나의 느낌과 생각만으로 채우는 것이 아니라, 훌륭한 예시를 들고 인용을 하는 것만으로 돋보이는 글이 될 수 있다. 그렇다고 인용을 남발하면 안 된다. 적재적소에 알맞은 인용은 글을 한 층 더 품격 있게 끌어올린다.

다음 글에서 어떻게 '인용'이 활용되었는지 살펴보자.

**예시1) 부분 인용**

독서를 위한 뇌 기관이 따로 있는 것은 아니지만, 책을 읽지 않은 사람의 뇌와 숙련된 독서가의 뇌는 다르다고 한다. "능숙하게 독서하는 뇌는 망막을 통해 정보가 들어가면 문자들의 물리적 속성을 특화된 일련의 뉴런으로 처리하며 이 뉴런은 문자에 대한 정보를 자동적으로 더 깊숙한 곳에 있는 다른 시각 프로세싱 영역으로 들여보낸다."(메리언울프, <책 읽는 뇌>, 이희수, 살림, 208쪽). 다시 말해, 독서를 할수록 뇌의 시각 피질이 달라지고, 문자나 문자 패턴, 단어 등 시각적 이미지를 담당하는 세포망이 가득 채워져 자극에 대한 반응을 효율적인 신경 회로망으로 보낼 수 있다는 것이다. 숙련된 독서가의 뇌는 이렇게 엄청나게 빠른 속도로 뇌 전체에 퍼져 있는 네트워크 시스템을 가동시키면서 지적 능력을 발휘하게 된다. 책 읽기가 뇌를 바꾸는 것이다. 책을 읽는 동안 우리의 뇌는 언어적, 인지적 프로세스의 기반 위에서 주의력, 통찰력, 사고력을 폭발시키며 확장하는 것이다. (p.22)

『글쓰기는 스타일이다』 장석주, 중앙북스

시인이자 문학 평론가인 장석주의 글이다. 독서하는 뇌가 독서하지 않는 뇌와 어떻게 다른지를 설명하며 에리언 울프의 『책 읽는 뇌』의 내용을 부분 인용하고 있다(밑줄). 인용으로 독서하는 뇌의 프로세스의 과정을 과학적 근거를 제시하면서 글의 설득력을 높이고 있다. 그러면서 "다시 말해"라는 언어로 독서하는 뇌가 갖는 효용을 종합적으로 정리하는 글을 쓰고 있다. 적절한 인용의 예라 할 만하다.

## 예시2) 전체 인용

"만일 행복이 눈앞에 있다면 그리고 큰 노력 없이 찾을 수 있다면, 그것이 모든 사람에게 등한시되는 일이 도대체 어떻게 있을 수 있을까? 그러나 고귀한 것은 힘들 뿐만 아니라 드물다."

-스피노자,『에티카』

스피노자의 말처럼 흔한 삶은 고난과 맞닥뜨렸을 때 고귀함으로 환원되는 게 아닐까. 노인은 바다 한가운데서 혼자서는 감당하지 못할 거대한 청새치와 사투를 벌인다. 온몸이 칼날에 쏠리는 고통을 견디며 산티아고는 말한다. "지금 이 순간 그걸 다시 증명해 보이려는 것이다. 언제나 매번 새로 처음 하는 일이었고, 그 일을 하고 있는 순간에는 과거를 결코 생각하지 않아."(p.69) 흔한 삶의 도중에 만난 격랑 앞에서 노인은 나약함을 드러내지 않는다. 안간힘을 다해 청새치를 지키지만 곧 피 냄새를 맡고 쫓아온 상어 떼에게 살을 다 뜯기고 뼈만 앙상하게 남게 된다. 보잘 것 없는 전리품을 가지고 돌아왔다 하더라도, 망신창이가 되어버린 늙은 몸을 이끌고도 노인은 '그 순간에 최선을 다했으므로' 삶의 고귀함을 잊지 않는다.

서평가 더행

위의 글에서는 스피노자의 『에티카』의 일부분을 『노인과 바다』의 서평에서 문장 전체 인용을 하고 있다. 스피노자의 '고귀함은 어떻게 오는가'에 대한 부분을 서평가가 해석하여 노인의 삶 또한 고귀하다는 것

98

을 역설하고 있는 것이다. 또한 위의 밑줄 친 부분에서처럼 책에서 노인의 대사를 그대로 인용하여 글 전체를 구성하는 것도 인용의 한 예이다. 등장인물의 대사를 그대로 인용하는 것은 책의 내용과 서평가의 생각을 보다 생생하게 전달하는 효과가 있다.

### 예시3) 자신의 언어로 다시 풀어쓰는 인용

> 지그문트 바우만에 의하면, 당대 국가와 자본의 목표는 노동력을 재생산하는 것이 아니다. 노동의 재생산은 국가의 부를 생산하는 데 오히려 짐이 되고 있다. 국가는 노동력을 재생산하는 것이 아니라 노동력을 탈락시켜 국민을 '잉여'로 만드는 데 초점을 두고 있다. 고용의 종말은 필연이다.
>
> 여성학자 정희진

여성학자 정희진은 영화 〈기생충〉을 보고 지그문트 바우만의 '인용'으로 글을 쓰고 있다. 이는 글쓴이가 지그문트 바우만의 사상과 사유를 전체적으로 이해하고 있을 때에만 가능한 인용이다. 인용한 부분에 대해 자신 있게 말할 수 있을 때 활용 가능한 인용법이다. 독자들이 이런 글을 읽으면 글쓴이가 해당 주제에 대해서 완전히 알고, 소화했다는 느낌을 받으며 그로써 글에 대한 신뢰도가 높아진다.

2
# 구조를 알면 쉽게 쓸 수 있다

　사실 서평쓰기에 딱 정해진 방법이나 규칙이라는 것은 없다. 첫 문장은 어떻게 써야하고, 무슨 내용을 담아야한다는 것 따위의 정해진 룰이나 답은 없다는 말이다. 어떻게 쓰던, 서평이 가진 목적에 충실히 도달하기만 하면 된다. 앞에서도 밝혔듯이, 서평은 책의 내용을 잘 전달하면서 서평가의 해석이 담긴 글로써 독자가 책을 구입함에 있어서 유용한 정보를 담으면 된다.

　그러나 "정해진 규칙이 없으니 자유롭게 쓰세요."라고 하면 처음 서평을 쓰는 사람들은 막막한 마음이 든다. 그래서 초보자들에게는 약간의 서평의 틀을 제시하는 게 좋다. 서평의 틀을 활용하여 그렇게 쓰는 연습을 하면, 어느 정도 서평이라는 글쓰기에 익숙해지기 때문이다. 자유로운 서평쓰기는 그 다음에나 가능한 이야기다.

　다음 글을 보자.

# 내가 진정으로 추구하는 가치는 무엇일까?

트리나 폴러스 〈꽃들에게 희망을〉, 시공사

① 「꽃들에게 희망을」은 도전적이고 싫증을 잘 느끼는 호랑 애벌레와 참을성 있고 배려심이 많은 노랑 애벌레가 관계를 맺으면서 삶의 의미를 찾아 가는 이야기이다.

② 조그마한 호랑 애벌레는 알에서 깨어나 열심히 먹어 쑥쑥 자란다. 먹는 거 말고 더 값지고 나은 것을 찾아 가던 중 애벌레로 만들어진 기둥을 발견 한다. 그 곳에 무엇이 있는지 알 수 없었으나 무언가 새로운 것이 있을 거라 생각하고 무작정 애벌레 기둥을 타고 올라간다. 무슨 수를 써서라도 올라가야겠다는 일념으로 호랑 애벌레는 다른 애벌레들을 밟고 올라간다. 그러다 노랑 애벌레를 만나게 되고 둘은 내려와서 사랑을 하면서 사이좋게 지낸다. 그러나 금방 싫증을 느낀 호랑 애벌레는 다시 애벌레 기둥으로 향하고 노랑 애벌레는 혼자 남는다. 혼자 남은 노랑 애벌레는 늙은 애벌레를 만나 이야기를 듣고 고치를 만들어 노랑나비가 된다. 노랑나비가 된 노랑 애벌레는 애벌레 기둥에서 헤매고 있는 호랑 애벌레에게 깨달음을 주고 호랑 애벌레가 호랑나비가 될 때까지 기다려준다.

③ "애벌레인 너의 모습을 버릴 수 있을 만큼 너무너무 날고 싶은 마음을 가져야지. 너의 겉모습은 사라지겠지만 너의 참모습은 여

전히 살아 있을 테니까. 인생이란 바뀌고 또 바뀔 뿐 결코 사라지는 것은 아니란다. 고치는 도피처가 아니고 자신의 참모습을 찾기 위해 거쳐 가는 것일 뿐이지."

④자신이 무엇을 원하는지, 자신이 추구하는 가치가 무엇인지 알고 간절히 원하고 열심히 노력한다면 자신이 원하는 모습이나 비슷한 모습으로 이루어진다. 겉모습은 여러 가지 모습이어도 그 속에 자신이 추구하는 가치가 있다면 행복한 삶이 될 것이다.

⑤사람들은 내가 진정으로 원하는 것이 무엇인지, 내가 추구하는 가치가 무엇인지도 모른 채 앞만 보고 달려간다. 다른 사람과의 진솔한 눈 맞춤, 이야기, 마음을 나누지 못한 채 그저 다른 사람을 따라 무한 경쟁을 한다. 이 책은 성공을 위해 앞만 보고 달려가는 사람들을 되돌아보게 한다. 또 청소년 및 성인들의 자신의 존재 가치·삶의 가치·행복에 대해 생각해보게 한다.

위의 글은 서평을 처음 쓴 사람의 글이다. 서평의 틀을 갖추고 쓰니, 처음 썼는데도 나름대로 서평의 골격은 갖췄다고 할 수 있다. 서평은 한 번 완성해 보는 경험이 중요하다. 초보자들은 위의 서평의 틀을 통해 문장연습, 생각쓰기, 해석쓰기 연습을 병행하면 좋은 결과를 얻을 것이다.

## ● 초보자를 위한 서평쓰기의 틀

### ① 첫 문단: 책 소개

서평은 대개 5~6문단으로 구성되는데, 그 첫 문단은 책에 대한 소개 글로 완성한다. 한 문단 정도로 책을 소개하는 것이다. 책을 읽고 나서 이 책이 어떤 책인지를 간략하게 전달하는 연습을 부단히 해 보는 것은 서평의 기본기를 기르는 훈련법이다.

### ② 두 번째 문단 : 내용 요약

책을 소개하고 난 후 두 번째 문단은 책의 전체 내용을 요약 정리하는 글로 완성한다. 문학이라면 서사를 중심으로 한 줄거리 정리, 비문학이라면 목차의 내용을 중심으로 요약정리를 하면 된다.

### ③ 세 번째 문단 : 발췌

앞 장(3부 참조)에서 했던 발췌+느낌·생각달기 작업이 여기서 유용하게 쓰일 때이다. 독서를 하면서 해 두었던 발췌노트를 살펴보면서 서평에서 인용하기에 알맞은 적당한 발췌를 고르고 자신의 서평에 배치한다.

### ④ 네 번째 문단 : 해석

발췌에 대한 느낌과 생각을 발전시켜 자신만의 해석의 글을 써본다. 책을 통해 얻게 된 새로운 생각이나 인간과 세계에 대한 다른 시선의 사유를 구체적으로 써본다. 책을 읽으면서 들었던 궁금증을 질문으로 만들어 쓰고 그에 대한 자신의 답을 써보는 글쓰기도 좋은 해석의 사례가 된다.

⑤ 다섯 번째 문단 : 책 평가(추천·비추천 이유)

마지막으로 책의 전체적인 메시지를 전달하면서 책을 추천하는 이유를 쓴다.

**예시2) 수강생 서평**

# 노인, 그가 승리자인 이유
〈노인과 바다〉 - 헤밍웨이, 문학동네 (2012)

헤밍웨이의 〈노인과 바다〉는 발표 당시부터 많은 독자들로부터 열광과 호응을 받은 소설이다. 그에게 퓰리처상(1953)과 노벨문학상(1954)을 안겨준 이 작품은 현재까지도 '불후의 명작'이라 평가받고 있다.

84일간이나 물고기를 잡지 못한 노인 '산티아고'는 바다에 나가 이틀을 꼬박 걸려 길이가 5.5m가 넘고 무게도 700kg이 넘음 직한 커다란 청새치를 잡는다. 그런데 이 물고기를 배에 묶어 돌아오던 중 피 냄새를 맡은 상어들의 연이은 공격을 받게 되고, 사투를 벌인 끝에 결국 노인은 뼈만 남은 물고기와 돌아온다. 물고기와 벌이는 노인의 사투 외에는 큰 사건이나 갈등도 없고, 물고기를 잡기 위해 기다리고 버티는 과정도 대부분 노인의 생각과 독백에 의해 진행되는 이 소설은 긴박함을 기대했던 독자라면 자칫 지루함을 느낄지도 모른다. 하지만 이러한 단순한 구성과 내용의 이 소설이 오늘날까지도 우리에게 감동을 주는 작품으로 손꼽히는 이유는 무엇일까?

"노인은 자신이 언제부터 이렇게 큰 소리로 혼잣말을 하기 시작했는지 기억이 나지 않았다. (중략) 아마 혼자 이렇게 큰 소리로 말하기 시작한 건 소년이 떠나고 난 뒤부터가 아닌가 싶었다. 하지만 기억이 나지 않는다."(pp.40~41)

노인은 외로움에 혼잣말을 한다. 그러나 "바다를 건너다보고는 자기가 지금 얼마나 외롭게 혼자 있는지 새삼 깨달았던"(p63) 노인은 바닷속에 비친 무지개빛 광선들과 낚싯줄, 잔잔한 바다, 무역풍으로 인해 피어오르는 구름, 날아가는 물오리들의 모습을 보며 "바다에서는 그 누구도 결코 외롭지 않다"(p63)고 한다. 인간은 누구나 고독한 존재이다. 살면서 외로움을 느낀다. 이제는 나이도 들고, 운도 다했는지 오랫동안 물고기도 한 마리 못 잡은 불운한 노인을 인정해주는 사람은 소년 외에는 없었다. 노인에게는 인생이며 생존의 현장인 바다. 노인은 이곳에서 외로움을 느꼈지만 여러 자연물들을 보며 외롭지 않음을 느낀다. 새, 물고기, 바람도 모두 친구이고, 노인에 대한 사랑과 존경이 가득한 소년도 있었다.

망망대해에서 홀로 물고기와 맞서 싸우는 노인의 고독과 생존의 처절한 몸부림은 우리들의 외롭고 치열한 삶의 모습과 오버랩 된다. 그리고 바람과 새의 움직임을 민감하게 느끼고 소년의 따스한 정을 그리워하는 노인의 모습에서 우리는 우리의 모습을 발견하게 된다.

노인에게는 상황을 판단하고 예측하는 지혜와 여유, 긍정적인 생각, 용기가 있다. 낚시에 걸린 물고기를 잡기 위해 하는 생각과 행동들에서 보여지는 노인의 지혜는 타고난 것도 하루아침에 이루어진 것도 아니다. 그저 묵묵히 바다에서 물고기를 잡아온 많은 시간과 경험 그리고 몸에 생긴 상처들로 스스로 체득한 지혜이다. 쥐가 난 왼손 때문에 힘들 때에도, 상어들이 계속 공격해 올 때도 여러 고난이 닥쳐와도 노인은 절망하지 않았다. 노인은 청새치를 잡았고 청새치 때문에 상어들은 몰려왔다. 상어들은 청새치를 물어뜯었고 그래서 상어 몇 마리는 노인에게 죽었다. 노인의 사투 결과는 청새치의 뼈와 대가리로만 남았지만, 독자는 집에 와 쓰러져 잠든 노인의 모습에서 연민과 동시에 감동과 존경의 마음을 느끼게 된다.

상어에게 물고기가 물어뜯길 때 노인은 자신이 물어뜯긴 것처럼 느끼며, 차라리 모든 게 꿈이었으면 하고 바라기도 했다. 하지만 노인에게 패배는 없었다. "인간은 패배하도록 만들어지지 않았어. 사람은 파멸당할 수는 있을지언정 패배하진 않아."(p108) "희망을 버리는 건 어리석은 짓이야."(p109) 이것이 살아가는 일에 지쳐 절망하고 포기하려는 사람들에게 헤밍웨이가 던지는 메시지이다.

마찬가지로 위의 서평도 한 수강생이 난생 처음 쓴 서평이다. 첫 문단에서 책에 대한 간략한 소개를 하고, 두 번째 문단에서 책의 내용을 정리하면서 '왜 이 책이 오늘날까지도 사람들에게 많이 읽히는지 질문'을 던지고 있다(밑줄). 세 번째 문단은 발췌이고, 네 번째와 다섯 번째 문단에서 자신이 던졌던 질문에 대한 의미 있는 해석을 시도하고 있다. 마지막 문단은 앞에서 전개된 내용을 바탕으로 이 책에 대한 전체적인 해석과 함께 이 책이 감동을 주는 이유를 잘 설명하면서 글을 마무리하고 있다. 처음 쓴 서평이라고는 믿기지 않을 정도로 잘 쓴 서평이다.

3
# 서평의 문장

모든 글은 문장들의 총합으로 이루어진다. 주어와 서술어는 그 문장을 이루는 주요 골격이라 할 수 있다. 그 중에서도 문장의 완성도를 갖추게 하는 것은 서술어이다. 서평을 쓰는 사람이라면 서평에서 사용되는 서술어의 종류를 잘 알고 다양하게 활용할 줄 알아야 한다. 서평에서 어떤 서술어를 사용하느냐에 따라 글에서 나오는 분위기와 품위가 달라지기 때문이다. 좋은 서평은 서술어 사용에 따라 갈린다고 해도 과언이 아니다.

● 서평에서 많이 사용되는 서술어

| | | |
|---|---|---|
| -들려준다. | -펼쳐진다. | -닮았다. |
| -말한다. | -요약된다. | -표상한다. |
| -이야기 한다. | -묘사된다. | -역설한다. |
| -보여준다. | -비춘다. | -사라진다. |
| -설명한다. | -복기한다. | -환기한다. |
| -서술한다. | -뒷받침한다. | -찾는다. |
| -다룬다. | -묘파한다. | -증폭된다. |
| -알려준다. | -형상화한다. | -대응한다. |
| -그려낸다. | -매력이 있다. | -고백한다. |
| -암시한다. | -겨냥한다. | -이끌어낸다. |
| -은유한다. | -파고든다. | -빠져든다. |
| -나타낸다. | -따라간다. | -매혹된다. |
| -함의한다. | -비슷하다. | -변주된다. |
| -상징한다. | -때린다. | -생각하게 한다. |

위에 제시한 서평에서 사용되는 서술어는 서평에서 다룬 책이 무엇을 보여주고, 어떤 해석을 담고 있는지를 표현할 때 사용하는 서술어들이다. 어떤 규칙 없이 무작위로 나열한 서술어들이다. 서평을 위한 쓰기 '표현노트'를 만들어 좋은 서술어 문장을 함께 정리해 놓고 수시로 들춰보면서 서평쓰기에서 활용하면 많은 도움을 받을 수 있다.

예시1) 서평에 사용되는 문장

◦ 『무진기행』은 이 진부함을 정확하게 그려낸다.
◦ 주인공의 자살은 우울과 무기력으로 삶을 멈추는 행위가 아니라 삶

을 살해하는 행위로 매우 극단적으로 묘사되었다.

◦이 작품은 멈추지 않는 자본주의의 리얼리즘의 세계를 다룬다.

◦인간의 이성과 욕망 사이의 항구적인 갈등에 대한 성찰도 이끌어낸다.

◦이 소설은 삶을 다시 사유하게 하는 매력이 있다.

## 🗨 덧붙임 - 아름다운 문장이란

다음은 톨스토이의 『안나카레니나』의 첫 문장들이다. 출판사별로 첫 문장이 다른데, 어떤 문장이 아름다운 문장인지 살펴보자.

- N 출판사

행복한 가정은 모두 모습이 비슷하고, 불행한 가정은 모두 제각각의 불행을 안고 있다.

- M 출판사

행복한 가정은 모두 고만고만하지만 무릇 불행한 가정은 나름나름으로 불행하다.

N사와 M사의 첫 문장을 놓고 볼 때 나의 개인적인 생각으로는 M사가 더 뛰어난 문장이라고 생각한다. 행복한 가정과 불행한 가정을 설명함에 있어서, N사는 행복한 가정은 모습이 "비슷하고"라고 했지만 M사는 "고만고만하지만"이라고 했다. 어떤 차이가 있을까? 요컨대, '비슷하다'와 '고만고만하다'의 차이인데, 후자가 더 구체적인 형상으로 독자에게 읽힌다. 또 '고만고만'이 더 부드럽게 또 문학적으로 읽힌다.

또 "행복한 가정은 모두 모습이 비슷하다"라는 문장은 모습이 어떻게 비슷하다는 것인지 한 번에 떠올리기 쉽지 않지만, 행복한 가정이 "모두 고만고만하다"라는 문장은 사람들이 행복을 느끼며 살아가는 모습이 '거기서 거기이다.'라는 의미를 보다 명확하게 독자에게 전달한다. 또한

"고만고만"과 "나름나름"이라는 리듬감각도 훌륭하다. 문학적 상상력을 자극하는 문장은 "고만고만"과 "나름나름"과 같이 어떤 대상의 상태를 미적으로 변환시켜 형상화하는 문장이기 때문이다.

나머지 출판사들의 첫 문장은 비교해 보시라고 올려둔다. 모두 M사의 첫 문장의 아름다움에는 못 미치는 문장들이다.

• C사
행복한 가정들은 모두 서로서로 닮았고, 불행한 가정들은 각각 나름대로 불행하다.

• P사
행복한 가정은 서로 닮았지만, 불행한 가정은 모두 저마다의 이유로 불행하다.

• Y사
모든 행복한 가정은 서로 닮았고, 모든 불행한 가정은 제 각각으로 불행하다.

# 4
# 독창적인 서평이란

반복해서 말하지만, 좋은 서평은 서평자의 독창적인 해석이 담긴 서평이라 할 수 있다. 독창적인 해석이란 책의 내용을 요약해서 전달하는 것에 그치는 서평이 아니라 책이 담고 있는 내용들을 현실에 적용하여 사유하고 그 결과로 우리가 놓치고 있는 것은 무엇인지 또 나아갈 방향은 어때야 하는지에 대해 생각하게 하는 글이라 할 수 있다. 책의 내용이 우리의 삶과 결코 동떨어진 것이 아닌, 책을 통해 지금 현재를 사유하게 하는 서평이 좋은 서평으로서의 자격에 부합한다. 다음의 독창적인 서평의 예를 살펴보자.

예시1)

## ① 보이지 않는다고 사라진 건 아니지

『프롬 토니오』, 정용준 지음/문학동네(2018)

잠깐 ② 동화처럼 천진하고 신화처럼 신비한 유토피아의 이야기를 들어 보자. 세계를 창조한 신은 이름이 없지만 편의상 알파와 베타라고 부르자. 알파와 베타는 각각 하늘 위와 아래에 새로운 세계를 창조했다. 알파는 하늘 위의 생물로 고래를 만들었고, 베타는 지상의 생물로 사람을 만들었다. 사람의 변덕을 견디지 못한 베타가 하늘의 위아래를 뒤섞어 버리자 지상에서 살 수 없는 고래를 위해 알파는 다시 바다 깊숙한 곳에 고래가 살 수 있는 세계를 창조했다. '유토'는 고래가 사는 세계, 시간이 없어 늙음이 없고, 변화가 없어 충격도 없으며, 멀리 있어도 가까이 있는 것처럼 느낄 수 있고, 말하지 않아도 저절로 듣고 이해하는 세계. 이름에서 짐작할 수 있듯이 '유토'는 '유토피아'를 상징한다. 그런 '유토'를 다녀온 토니오의 이야기. 그래서 '프롬 토니오(from tonnio).'

군이 소설의 완성도와 서사적 설득력을 따져 본다면, 토니오가 50년 동안 머물렀던 '유토'의 세계는 불명확한 채로 너무 길게 서사의 지분을 차지하고 있으며, 그에 반해 시몬과 데쓰로가 겪은 이별과 상처는 너무 덜 그려진 것이 아닌가 하는 의문을 품게도 된다. 유럽의 화산섬 마데이라 해변에서 일어난 고래의 떼죽음에 대해서도, 서두에 압도적으로 묘사된 것 치고는 소설이 별로 말해주는 것이 없다는 불만이 생기기도 한다. ③ 결국 토니오가 젊은 시절 연인을 떠나 먼 곳을 떠돌다가 마침내 오랜 시간이 흘러 이미 죽고 없는 연인의 곁으로 돌아오는 이야기라고 요약해

놓고 보니, 내가 너무 상상력이 부족한 독자인가 싶기도 했다.

④ 토니오는 2차대전 중에 실종되었고, 화산연구자였던 시몬은 바닷속으로 연인이 사라진 후 세상을 잃은 슬픔에 잠겼다. 지진 연구자인 데쓰로는 고베 지진으로 가족을 통째로 잃었고, 지진 연구가 지진으로부터 사람을 구하는 일에 무용하다는 생각으로 오래 고통스러웠다. ⑤ 그 상실과 고통으로부터 '유토'가 생겨났다고 읽을 수도 있을까. 소설이 친절하게 알려주고 있다시피 '유토피아'는 '좋은 곳'이면서 '어디에도 없는 곳.' 그들은 자신들의 무력과 상실을 견디기 위해 '어디에도 없는 곳'을 애써 상상하고 또 상상해야 했을 것이다. 눈앞에서 갑자기 사라져버린 사람들을 영원히 잃어버리지는 않기 위해, 그들이 보이지 않지만 어딘가에 존재한다고 믿기 위해 그들은 어디에도 없는 곳 '유토'에 대해 오래 골몰해야 했을 것이다. 마치 '유토'를 상상해 내지 못한다면, 사라진 자들의 거처가 마련되지 못할 것처럼, 필사적으로.

⑥ 내가 당신을 잃었을 뿐 아니라 당신도 나를 잃었다는 것을 알기 위해 여기에 없는 세계를 얼마나 더 상상해야 할까. 나는 여기에 있고 당신은 내 눈앞에서 사라진 것이 아니라 당신도 저기 어딘가에서 나를 잃은 슬픔을 견디고 있다. 그 저기 어딘가를 상상하기 위해 '유토'가 필요했다. ⑦ 그제야 연인을 떠난 토니오가 오랜 시간 후 귀환하는 이야기가 아니라, 사라진 사람을 잊지 않기 위해 세계 하나를 더 만들어야 했던 견딤의 시간, 타인을 이해하고 기억하는 일의 축약될 수 없는 고통과 경이가 눈에 보이기

위의 글은 먼저 ②에서 "동화처럼 천진하고 신화처럼 신비한 유토피아의 이야기를 들어 보자"라는 문장으로 서평을 시작한다. "동화"와 "유토피아"라는 단어의 뉘앙스를 볼 때 독자의 호기심을 끄는 시작이라고 할 수 있다. 계속해서 서평은 이런 "유토피아를 다녀온 토니오의 이야기"라는 말로 독자의 호기심을 유지하면서 글을 이어나가고 있다.

두 번째 문단에서는 독자가 가질 수 있는 소설에 대한 불만도 언급하면서(밑줄) ③ 책을 간단하게 요약한다. 그러면서도 이렇게 간단하게 책의 내용을 요약해 버리면 한 명의 독자로서 자신의 상상력이 부족한 것이 아닌가라는 너스레를 떨기도 한다.

④에서는 구체적인 책의 내용과 함께 그에 대한 ⑤해석(밑줄)을 쓰고 있다. 그러니까 소설의 인물은 나와 너의 슬픔과 고통을 견디기 위해서는 "그 저기 어딘가를 상상하는" 행위가 필요했고, 소설은 그 과정을 보여주고 있다고 ⑥에서 말한다. 그것은 견딤의 시간이며, 그 견딤의 시간이 무엇을 의미하는지를 ⑦에서 독창적으로 해석하고 있다. 그 견딤의 시간을 통과하는 사람은 타인의 "고통과 경이가 눈에 보인다."라고 말하고 있다. 이 서평은 시작하면서 책에 대한 흥미를 유발하면서, 소설이 제시하는 '유토'의 뜻을 설명하고, 등장인물들이 왜 '유토'가 필요했는지를 해석해 내고 있다. 더불어 ①의 제목 또한 서평의 핵심을 드러내는 적절한 제목이다.

---

1  서영인, 「보이지 않는다고 사라진 건 아니지」, (한겨레), 2018.6.21.

예시2)

# 생은 비록 남루하나 끝내 '도도'하리

① 80년생 젊은 작가 김애란씨가 소비사회의 풍요와 환락에 한 눈팔지 않고 세상의 낮고 그늘진 지점을 응시하는 것은 기특한 노릇이다. 〈달려라, 아비〉에 이어 2년 만에 나온 두 번째 소설집 〈침이 고인다〉에서 그의 이런 지향은 남루한 '방'과 그 방의 거주 자들에 대한 관심으로 나타난다.

② 산동네의 셋방(〈네모난 자리들〉)과 반지하방(〈도도한 생활〉), 독서실(〈자오선을 지나갈 때〉)과 고시원(〈기도〉), 그리고 허름한 여인숙(〈성탄특선〉)까지 김애란 소설의 주인공들이 기거하거나 찾아 헤매는 방은 한 결 같이 좁고 불편한 공간들이다. 그보다 더 중요한 것은 이 방들이 21세기 한국 젊은이들의 거처라는 사실 이다. 취업난과 청년실업의 현실이 이들에게 허용하는 공간이 김 애란 소설의 저 누추한 방들인 것이다.

③ 그러나 김애란 소설에서 정말로 중요한 것은 이 남루한 방의 거주자들이 그 남루와 궁핍에 아주 먹히지는 않는다는 사실이다. 〈도도한 생활〉의 말미에서, 장맛비에 물이 차 오르는 반지하방에 서 피아노 건반을 두드리는 주인공의 모습은 객관적으로 불리하 고 불우한 상황을 주관적 심미화로써 극복하려는 김애란 소설의 전략을 상징적으로 보여준다. 소설 제목은 피아노 건반 '도'와 거

만한 태도를 함께 가리키는데, 소설 속의 다음 대목은 이 작가의 귀가 어디를 향해 있는지를 잘 보여준다.

④ "이 방에서, 이 거리에서, 이 시장과 저 공장에서, 이 골목과 저 복도에서, 그늘에서, 창 안에서, 세상 사람들은 가끔 아무도 모르게 도 도 하고 우는 것은 아닐까"(19쪽).

⑤ 표제작의 제목은 어린 시절 껌 한 통을 쥐여 주고는 사라져 버린 엄마에 대한 그리움을 생리 현상으로 치환한 것이다. 평생 국수를 팔아 자식들 건사하다가 숨진 어머니의 장례식에 참석한 〈칼자국〉의 주인공이 어머니의 칼로 사과를 베어 먹으려 할 때에도 "입 안에 침이 고였다."(180쪽) 이 주인공은 어릴 적 숫돌에다 칼을 가는 어미를 보며 "어머니는 좋은 칼이다. 어머니는 좋은 말(言)이다"(170쪽)라고 중얼거렸던 기억을 지니고 있는데, 그러고 보면 분명해진다. 김애란 소설의 주인공들이 불리한 처지에서도 도도한 태도를 잃지 않는 것은 어머니라는 든든한 뒷배 덕분이라는 사실이.[2]

이글에서 서평가는 ①김애란의 소설들이 21세기 한국 젊은이들의 처한 현실을 응시한다고 말한다. ②"취업난과 청년실업"이라는 현실은 김

---

2  최재봉, 「생은 비록 남루하나 끝내 '도도'하리」, (한겨레), 2007.10.5.

애란 소설에서 "누추한 방"으로 상징되고 있다. 그러나 소설의 인물들은 ③ "궁핍과 남루에 아주 먹히지 않는다는 사실"이 중요하다고 해석해 내면서 그에 적절한 ④ 발췌 인용을 하고 있다. 여기에 덧붙여 "김애란 소설의 주인공들이 불리한 처지에도 도도한 태도를 잃지 않는 것은 어머니라는 든든한 뒷배 덕분이라는 사실"을 말해주고 있다는 글로 마무리하고 있다. 이 서평의 독창적인 해석 부분은 ③에서 보여주고 있다. 인물들이 누추한 생활을 하면서도 그 도도함을 잃지 않고 있는 것과 그것이 무슨 의미를 갖는지는 이 서평을 읽지 않았더라면 놓쳤을지도 모를 부분이다.

# 퇴고로 다시 태어나는 글

앞에서 제시한 서평의 구성요건에 맞추어 서평을 쓰고 나면 이제 초고를 완성했다고 할 수 있다. 그 다음으로 서평쓰기에서 아주 중요한 단계인 퇴고가 남아있다. 서평은 한 번 썼다고 끝나는 것이 아니라 고치고 또 고치는 과정에서 더 나은 글로 다시 태어난다. 서평을 쓰는 사람은 당시에는 맞춤법이나 비문, 오탈자를 지나칠 수 있다. 자신의 생각과 글의 내용에 집중해서 쓰기 때문에 글쓰기에서 나올 수 있는 사소한 실수도 모르고 넘어가는 일은 흔하다. 그래서 반드시 퇴고의 과정을 거쳐 글의 부족한 부분을 발견하고 보완해야 한다. 오탈자부터 시작해서 비문과 주술호응이 맞는지 체크하고, 어색한 문장과 문단의 연결과 자연스러움, 주장에 대해 논리성을 갖췄는지를 퇴고를 통해 확인하고 고쳐나가는 과정은 보다 나은 글을 위해 반드시 필요한 작업이다. 퇴고는 글의 거친 부분을 매끄럽게 다듬는 무두질이라 할 수 있다.

퇴고의 목적은 좋은 글을 완성하기 위함이고, 좋은 글이란 독자에게 자신의 글의 내용과 의미를 잘 전달해야만 가능한 것이다. 아무리 좋은 서평이라도 독자에게 이해되지 않는 글이라면 아무도 읽어주지 않는 혼자만 읽는 글이 되기 십상이다. 그런 의미에서 다음 문학평론가 신형철의 글은 새겨 들을만하다. 성실한 서평가라면, 보다 "정확한" 단어와 문장, 의미 전달을 위해 끊임없이 퇴고의 퇴고를 거듭해야한다.

"글쓰기의 근원적인 욕망 중 하나는 정확해지고 싶다는 욕망이다. 그래서 훌륭한 작가들은 정확한 문장을 쓴다. 문법적으로 틀린 데가 없는 문장을 말하는 것이 아니다. 말하고자 하는 바의 본질에 가장 가까이 접근하는 데 성공했기 때문에 다른 문장으로 대체될 수 없는 문장을 말한다. 그러나 삶의 진실은 수학적 진리와는 달라서 100퍼센트 정확한 문장은 존재할 수 없을 것이다. 그렇다면 결국 글쓰기는 언제나 '근사치'로만 존재하는 것이리라. 어떤 문장도 삶의 진실을 완전히 정확하게 표현할 수 없다면, 어떤 사람도 상대방을 완전히 정확하게 사랑할 수는 없는 것이다. 그러나 정확하게 표현되지 못한 진실은 아프다고 말하지 못하지만, 정확하게 사랑받지 못한 사람은 고통을 느낀다. 이것은 장승리의 시 <말>의 한 구절인데, 나는 이 한 문장 속에 담겨 있는 고통을 자주 생각한다."

-신형철, 『정확한 사랑의 실험』, 문학동네.

# 2
# 퇴고하는 방법

이 장에서는 퇴고의 순서와 방법에 대해서 살펴보기로 하자.

퇴고의 순서는 단어 → 문장 → 문단 → 글 전체의 순서로 하는 것이 효과적이다.

⊙ 퇴고의 4단계

| 단계 | 내용 | 방법 |
|------|------|------|
| 1 | 단어 | 맞춤법, 오탈자, 정확한 단어 사용 |
| 2 | 문장 | 비문, 문장의 연결 |
| 3 | 문단 | 내용과 의미, 논리적 근거 |
| 4 | 글 전체 | 문단의 흐름과 맥락, 주제 전달 |

퇴고의 1단계에서는 한 문단 안에서 사용된 명사와 형용사, 접속사 등이 적절하게 사용되었는지 살펴본다. 접속사는 되도록 사용하지 않는 것이 매끄러운 글이 된다. 맞춤법과 오탈자의 여부도 확인한다. 2단계에서는 범위를 넓혀 문단에서 사용된 문장들을 살펴본다. 문장에서 주술호응이 맞는지, 비문은 없는지, 문장과 문장의 연결은 자연스러운지를 체크한다. 3단계에서는 한 문단을 중점적으로 살펴본다. 한 문단에는 하나의 주장과 그에 관한 근거만 담아야 한다. 한 문단에 여러 개의 생각과 주장이 담기면 뒤죽박죽 알 수 없는 글이 되기 때문에 이 점을 유의해야 한다. 마지막 단계에서는 글의 전체 흐름을 살펴보면서 글쓴이의 주장이 잘 전달되고 있는지 꼼꼼히 살펴본다.

예시1) 퇴고하기

① 〈두근두근 내 인생〉(김애란 지음, 창비 펴냄)은 2000년대 한국 소설의 반짝이는 아이콘인 김애란의 첫 장편소설이다. 청춘과 노년의 아이러니한 겹쳐짐이 아릿하면서도 따스한 서사로 펼쳐진다. 이 소설은 삶을 다시 사유하게 하는 매력이 있다. 시간과 순간에 대해, 그리고 감각과 생명에 대해 깊이 생각하게 한다.

② 불행한 한 소년의 이야기가 감동적으로 펼쳐진다는 면에서 신파적인 부분도 많다. 하지만 잔잔한 떨림이 오글오글 자리하고 있어 만만치 않은 긴장감을 간직하고 있다. 모두가 젊음만을 갈구하는 시대에, 늙음과 죽음에 대해 이야기하는 것은 불편하다.

현대사회는 삶을 순간화한다. 노년은 은폐되고, 죽음은 삶과 분리되어 있다. 우리네 삶은 촘촘하게 짜인 관성적 일상으로 인해 생명 가치를 응시할 수 있는 여유를 상실해가고 있다. 그런데 〈두근두근 내 인생〉은 '늙은 젊음'이면서 동시에 '젊은 늙음'인 한아름을 당당히 화자로 내세운다. 열일곱 나이에 '조로증'을 감내하는 아픈 청춘이 서사의 전면에 나섰다. 당돌한 소년 한아름은 세상을 오히려 위로한다. '고통을 상품화'하려는 모든 시도에 대해(2장), 거짓 교감에 대해(3장), 심지어는 병을 연민하는 건강에 대해서도(4장) '낯설게 보아'버린다. 한아름은 내면 깊은 곳에서 길어올린 목소리로 세상의 관습과 싸우고 있는 것이다.

③ 이 소설은 '생명의 떨림'을 느끼며 탄생한 한 여린 삶이 불치병으로 안타깝게 사그라지는 과정이 큰 줄기를 형성한다. 이 큰 매듭은 삶과 죽음의 선적(線的) 전개라는 측면에서, 모든 인간의 숙명이기에 결코 소설이 될 수 없다. 그런데 김애란은 큰 매듭에 작은 마디들을 만듦으로써 서사적 골격을 튼튼하게 구성해냈다. 철부지 아버지의 유쾌함이 넘실대는가 하면(〈달려라 아비〉 등), 자신감 넘치는 어머니의 옹골찬 모습이 빽빽이 들어서 있기도 하고(〈칼자국〉 등), 탄생에 얽힌 궁금증이 낭만적 어조로 기술되는가 하면(〈누가 해변에서 함부로 불꽃놀이를 하는가〉 등), 글쓰기 소설·예술가 소설로서의 면모(〈종이물고기〉 등)가 발휘되기도 한다.

④ 누군가는 이 소설을 통해 비극적 삶에 몸을 담그며 깊은 위안을 얻었다고 말했다. 또 어떤 이는 장편의 구조를 떠받치기에 에피소드식 구성이 위태롭다고도 했다. 대다수 독자는 길게 이어지는 이메일 교환이 허무한 장난으로 마무리되는 장면에서 약간의 실망감을 경험했을 것이다. 하지만 김애란의 단편소설에 익숙한 독자들은 가벼운 독법으로 서사의 징검다리를 함께 건널 수 있었을 것이다.

⑤ 〈두근두근 내 인생〉이 담고 있는 핵심적 메시지 중 하나인 '항상 마지막인 듯 세상을 절박한 눈으로 바라보는 생명의 이야기'에 귀를 기울일 필요가 있다. 그 순간, "누군가가 나를 향해 성큼성큼 다가오는 듯한 울림"이 생명의 아름다운 연대로 이해될 수 있을 것이다. 유머로 무장한 낙천성은 '생명에 대한 비애적 찬미'이기도 한 것이다. 눈으로 세상을 더듬을 수 있다는 것, 바람을 촉감으로 만질 수 있다는 것, 숨결을 느낌으로 가늠할 수 있다는 것 자체가 감동이 아니겠는가. 모든 생명은 깊은 상처를 안고 있지만, 그 상처로 인해 살아 있다는 사실 자체에 감사하는 마음을 갖게 된다.[1]

이 글은 「김애란 소설이 우리를 위로하는 법」라는 제목으로 한 시사

---

1 「김애란 소설이 우리를 위로하는 법」, (시사인), 2012.1.25.

잡지에 실린 서평이다. 읽어보면 알겠지만 전달하려는 메시지가 간단함에도 불구하고 글이 매끄럽게 읽히지 않는다. 그 이유는 밑줄 친 서술어의 평이함과 부자연스러움, 전달하는 메시지의 식상함에 있다.

파란색 서술어 밑줄은 서평의 문장이고, 검은색 서술어 밑줄은 해석의 문장이다. 서평의 문장은 책의 내용을 전달하는 역할을 하고 해석의 문장은 서평가의 사유를 표현한다. 이를 염두에 두고 글 전체를 살펴보자.

①에 나오는 밑줄 친 서술어는 책을 소개하거나 설명하는 서평의 문장으로 "첫 장편소설이다", "펼쳐진다", "매력이 있다", "생각하게 한다"와 같이 전개되는데 평이한 서술이다. 이 문단 전체를 아예 삭제하거나 한 문장으로 압축해도 책의 뜻을 전달하는 데에는 아무런 지장이 없다. 퇴고가 필요한 부분이다.

②에서 서평가는 현대사회에서 죽음이 얼마나 멀리 떨어져 있는지를 지적하면서, 이 소설이 생명의 가치와 죽음을 응시할 수 있게 한다고 말한다. 그러면서 오히려 조로증에 걸린 17세의 한아름이라는 소년은 오히려 세상을 위로하고 있다고 말한다. 하나의 생각과 사유로 이루어진 문단이지만 전체적인 흐름으로 볼 때, "순간화한다", "분리되어 있다"와 같은 해석의 문장은 독자에게 그 뜻이 내용과 함께 한 번에 이해할 수 있게 쉽게 전달되는 서술어는 아니다.

③에서 난데없이 나오는 "소설이 될 수 없다"라는 문장도 독자의 입장에서는 어리둥절할 뿐이다. 이 책 자체가 소설인데 "소설이 될 수 없다"라는 것이 쉽게 이해되지 않기 때문이다. 이와 같은 문장은 문학을 "선

적인 전개"라는 차원에서 연구하는 문학 연구자들이나, 그 분야의 전문가들에게나 유용하게 이해될지는 몰라도, 일반 대중 독자에게는 무용하고 또 중요하지도 않다. 그러므로 그 부분은 아예 삭제할 필요가 있다.

④에서는 소설의 부족한 부분을 짚어내고 있어서 독자에게 매우 유용하다. '나는 그 부분을 왜 생각하지 못했을까'라는 지점을 확인하는 것만으로도 독서활동에 큰 자극이 되고 동시에 인식의 지평이 한 뼘쯤은 신장했음을 경험하게 된다.

⑤에서 제시하는 해석은 독창적이라고 보기는 어렵고 평범한 수준이다. "생명의 이야기에 귀 기울일 필요"가 있고, "생명의 아름다운 연대", 온 몸으로 자연을 느낄 수 있는 것 "자체가 감동이 아니겠는가", "감사하는 마음을 갖게 된다"라는 정도의 글은 평소에 우리가 몰랐던 것도 아니고, 새로운 것도 아니며 누구나 애써 생각하지 않아도 동의할 내용이기 때문이다.

자, 그럼 지금부터 불필요한 부분은 버리고 보다 정확한 단어와 문장을 사용하는 방법을 써서 이글을 퇴고해 보자. 물론 아래의 글이 완벽한 퇴고라고 말하기는 어렵다. 퇴고에서 "최종"이라는 것은 없다.


퇴고한 글

① 〈두근두근 내 인생〉(김애란 지음, 창비 펴냄)은 2000년대 한국 소설의 반짝이는 아이콘인 김애란의 첫 장편소설이다. 소설은 빨리 늙어가는 병인 조로증을 앓는 한 소년의 삶과 죽음을 다룬다. 모두가 젊음만을 갈구하는 시대에, 늙음과 죽음에 대해 이야

기하는 것은 불편할 수도 있다. 그러나 노년은 은폐되고 현재만을 집중하는 현대인의 삶이 얼마나 죽음과 멀어져 있는가를 김애란은 이 소설을 통해서 보여준다.

② 〈두근두근 내 인생〉은 '늙은 젊음'이면서 동시에 '젊은 늙음'인 한아름을 당당히 화자로 내세운다. 한아름은 열일곱 나이에 '조로증'을 감내하는 아픈 청춘이지만 오히려 세상을 위로한다. '고통을 상품화'하려는 모든 시도에 대해(2장), 거짓 교감에 대해(3장), 심지어는 병을 연민하는 건강에 대해서도(4장) '낯설게 보아'버린다. 한아름은 내면 깊은 곳에서 길어 올린 목소리로 세상의 관습과 싸우고 있는 것이다.

③ 이 소설은 '생명의 떨림'을 느끼며 탄생한 한 여린 삶이 불치병으로 안타깝게 사그라지는 과정이 큰 줄기를 형성한다. 여기에 더해 김애란은 그 큰 매듭에 작은 마디들을 만듦으로써 서사적 골격을 튼튼하게 구성해냈다. 철부지 아버지의 유쾌함이 넘실대는가 하면(〈달려라 아비〉 등), 자신감 넘치는 어머니의 옹골찬 모습이 빽빽이 들어서 있기도 하고(〈칼자국〉 등), 탄생에 얽힌 궁금증이 낭만적 어조로 기술되는가 하면(〈누가 해변에서 함부로 불꽃놀이를 하는가〉 등), 글쓰기 소설예술가 소설로서의 면모(〈종이물고기〉 등)가 발휘되기도 한다.

④ 누군가는 이 소설을 통해 비극적 삶에 몸을 담그며 깊은 위안

을 얻었다고 말했다. 또 어떤 이는 장편의 구조를 떠받치기에 에피소드식 구성이 위태롭다고도 했다. 대다수 독자는 길게 이어지는 이메일 교환이 허무한 장난으로 마무리되는 장면에서 약간의 실망감을 경험했을 것이다. 하지만 김애란의 단편소설에 익숙한 독자들은 가벼운 독법으로 서사의 징검다리를 함께 건널 수 있었을 것이다.

⑤ 〈두근두근 내 인생〉이 담고 있는 핵심적 메시지 중 하나인 '항상 마지막인 듯 세상을 절박한 눈으로 바라보는 생명의 이야기'에 귀를 기울일 필요가 있다. 그 순간, "누군가가 나를 향해 성큼성큼 다가오는 듯한 울림"이 생명의 아름다운 연대로 이해될 수 있을 것이다. 유머로 무장한 낙천성은 '생명에 대한 비애적 찬미'이기도 한 것이다. 눈으로 세상을 더듬을 수 있다는 것, 바람을 촉감으로 만질 수 있다는 것, 숨결을 느낌으로 가늠할 수 있다는 것 자체가 감동이 아니겠는가. 모든 생명은 깊은 상처를 안고 있지만, 그 상처로 인해 살아있다는 사실 자체에 감사하는 마음을 갖게 된다.

# 서평쓰기, 최고 지성의 작업

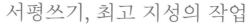

　책을 읽고 서평을 쓰는 행위는 고도의 지성을 발휘해야하는 작업이다. 책의 내용을 독해하고 그에 대한 자신만의 관점을 가다듬어 글로써 표현하는 일은 모든 지성이 거쳐야하는 과정인 것이다. 읽지 않고 쓰지 않는 지성은 있을 수 없다. 지성인이라 하면 읽고 쓸 줄 아는 사람이다. 서평쓰기는 바로 이 지성을 총체적으로 구현하는 작업이다.

　"지성은 자유를 위해 매우 중요한 능력이다. 모르면 보이지 않는다. 하지만 자명해 보이는 것에 물음을 던질 줄 모른다면, 지성이란 그 안에 들어앉은 관념의 권력을 확장하고, 그에 대한 복종을 심화하는 능력에 머물 뿐이다. 지성이란 대개 추론을 통해 작동하는데, 추론이란 전제된 것들 속에 함축된 것을 찾아내는 절차이다. 지성은 잘 알고 있는 것이 아니라 잘 모르는 것, 이해할 수 없는 것을 통해 비로소 자유의 계기가 된다. 지성이 능숙하게 작동하는 곳 이상으로 그것이 고장 나는 지점이 자유의 장소가 된다. 그 이해할 수 없는 것을 통해 자신이 생각지 못한 것을 생각하려 할 때, 지성은 자유를 향해 나아간다."

-사회학자, 이진경

그렇다면, 왜 우리는 지성을 갈고 닦아야 하는가. 위의 글에서 사회학자 이진경이 언명했듯이, 바로 '자유'를 얻기 위해서이다. 인간은 자유롭기 위해서 지성의 작업을 발전시켜야 하는 노정에 놓여있다. 인간이 삶에서 추구하는 궁극의 목표중 하나가 자유라고 할 때, 우리는 이 자유를 얻기 위해서, 이 세상에 대해 알기 위해 노력해야 한다. 알고 이해하면 자유를 얻을 수 있다. 이 세상이 무엇으로 이루어져 있고, 그것이 어떤 방식으로 작동되는지 모르면, 이 세계를 알 수 없고, 알 수 없으면 이해할 수 없다. 이해할 수 없고, 알지 못하면 두려움에 갇히게 된다. 인간이 느끼는 두려움과 불안의 원인은 그 대상을 잘 알지 못하는 '무지'에서 온다. 그래서 두려움에 갇힌 사람은 결코 자유를 얻을 수 없다. 그런 의미에서 서평쓰기는 인간이 자유를 얻기 위해 꼭 필요한 최고 지성의 작업이라 할 수 있다.

# 1
# 나를 알아가는 글쓰기

　글을 쓰는 행위는 자신의 내면을 들춰보는 과정이다. 우리의 내면은 보이지 않고, 설명할 수 없는 무수히 많은 감정과 경험, 관념들이 겹겹이 쌓여있다. 살아오면서 쌓인 이 복잡한 내면은 얽히고설켜있는 실타래와 같다. 인간이 자신의 내면을 들여다보기 어려운 이유도 여기에 있다. 내가 모르는 무수히 많은 내가 수시로 튀어나와 나를 당황하게 만들고, 불안하게 하고, 좌절과 고통에 빠지게 한다. 책은 이런 인간들이 살아가는 모습을 보여주는 인간 군상의 집약체인 것이다.

　우리는 책을 통해 자신을 비추어 볼 수 있다. 인간은 자신이 어떤 존재인지 혼자만의 힘으로는 알기 어렵다. 그래서 자신을 알게 해줄 무엇이 필요한데, 그것이 책인 것이다. 책 속 인물의 생각과 행동, 상황에 자신을 대입하면서 도리어 자신이 어떤 존재인지 알게 된다. 책은 나를 비추는 거울이요, 나를 더 세밀하게 들여다보게 하는 현미경이다. 인간은 책에 등장하는 타인이라는 존재를 통해 자신을 이해할 수 있게 된다.

그렇다면 자신을 알고 이해한다는 것은 무엇을 의미할까? 모든 것의 시작은 자신을 아는 일로부터 시작한다. 내가 나라는 존재가 어떤 존재인지 모르면 어떻게 될까? 내가 무엇을 좋아하는지, 무엇을 어려워하고 힘들어하는지, 무엇에 삶의 기준을 삼고 열정을 쏟아야하는지를 모르면 타인의 말과 행동에 휘둘리면서 살게 된다. 세상의 잣대에 자신을 평가하며 따라가는데 급급한 삶이 된다. 주체적인 삶을 위해서라도 자신이 누구인지 아는 것은 매우 중요한 일이다. 이렇게 자신을 더 잘 알게 해주는 수단이 바로 글쓰기이다. 우리는 글을 씀으로써 자신이 어떤 사람인지 더 잘 알게 된다. 자신도 몰랐던 자신을 발견하기도 하고, 잘 안다고 생각했던 자신의 일부분이 사실이 아니라는 것을 알게 되는 경우도 있다. 알게 되면 이해할 수 있게 된다. 이해할 수 있으면 인간과 세계를 바라보는 시선도 달라진다. 러시아의 대문호 톨스토이는 『전쟁과 평화』에서 "모든 것을 이해하는 사람은 모든 것을 용서하는 법이다"라고 말했다. 나를 이해하지 못하면 결코 타인을 이해할 수 없고, 이해하지 못하면 갈등이 생겨난다. 타인에 대한 이해도 나를 이해해야 가능한 일이다.

우리는 글을 씀으로써 자신과 깊은 대화를 나눌 수 있고 보다 진실에 가 닿는 자신을 발견할 수 있다. 자신이 무엇을 원하는지, 어떻게 살아야 하는지에 대한 대답도 글을 쓰면서 자신의 내면을 바라 볼 수 있는 사람만이 얻을 수 있다. 자신에 대한 기대와 희망 다짐도 글을 쓰는 과정에서 얻어지는 것들이다. 이렇게 글쓰기는 자아 성찰의 과정이기도 하다.

# 2
# 서평분석 3단계

서평을 잘 쓰기 위해서는 좋은 서평을 읽어서 참조해야한다. 그 서평
이 왜 훌륭한 서평인지 분석하고 설명할 수 있어야 서평쓰기가 무엇인
지 더 명확하게 규정할 수 있고 그 의미와 가치도 알게 된다. 그러면 그
위에 설 수 있다. 서평을 분석할 수 있다는 것은 서평쓰기라는 행위를
내가 정복할 수 있게 되었다는 것을 의미한다. 서평에 끌려다니지 않고
내가 글을 주무를 수 있는 경지에 오르려면 훌륭한 서평을 읽으면서 분
석하는 작업을 소홀히 하면 안 된다. 다음은 내가 서평에 대한 연구를
하면서 알게 된 서평분석 방법이다.

1단계: 책의 내용을 알기 쉽게 잘 전달했는가.

서평은 먼저 책의 내용을 알기 쉽게 전달해야 한다. 그 기능을 충실하
게 수행하고 있는지 파악해야 한다. 또 서평에서 책에 대해 정보를 제공

하고 내용의 이해를 돕기 위한 글이 어느 정도 차지하는지, 그에 대한 서평가의 해석은 무엇인지, 어떻게 전개되는지를 전반적으로 파악하면서 읽는다. 내용에만 밑줄을 긋거나 또는 해석에만 밑줄을 그어 표시하는 것도 좋은 방법이다.

### 2단계: 책이 가진 의미와 가치를 밝혔는가.

서평에서 책이 가진 의미와 가치를 밝혔는지 살펴봐야 한다. 이 책을 지금 시점에서 사람들이 왜 읽어야 하는지, 혹은 읽지 않아도 상관없는지 그 이유를 설명하고 점검해봐야 한다. 다시 말해, 서평에서 다룬 책이 지금을 살아가고 있는 현대인들에게 어떤 의미를 갖는지 따져보는 작업을 해야만 한다는 말이다. 책을 통해 현재의 삶을 이해시키거나, 새로운 사실에 접근하게 하거나, 미래를 예견하게 할 수 없는 책이라면 굳이 그 책을 읽을 필요가 있는지의 여부를 판가름하는 일은 서평가가 중요하게 수행해야 할 임무이다.

### 3단계: 서평가의 독창적인 해석이 있는가.

서평에는 서평가의 독창적인 해석이 담겨야 한다. 책에 대한 자신의 의견을 개진해야한다는 의미다. 서평가는 책에서 말하는 주장과 메시지에 대해 동감하는지, 혹은 반대하는지, 책이 가진 문제점이나 한계를 짚어서 그 이유를 대고 근거를 찾아 설명해야 한다. 나아가 이 세계의 미래를 내다볼 수 있는 혜안이 있어야 한다. 책을 읽고 "이 세계가 이렇게 흘러가도 괜찮은가?"를 묻는 일이 서평가의 또 다른 임무이다.

위에 제시한 서평 분석의 3단계는 좋은 서평을 가늠하는 기준이 될 수 있다. 물론 좋은 서평을 판단하는 기준이 위에 제시한 기준만 있을 수는 없다. 이 기준은 언제든지 변할 수 있고, 얼마든지 다른 기준도 있음을 밝혀둔다. 중요한 것은 좋은 서평에 대해서 말할 수 있는 자신만의 기준을 세우는 일이라 하겠다. 좋은 서평을 알아보는 안목을 키우는 일은 좋은 서평을 쓰기 위한 훈련의 과정이기도 하다.

# 알베르카뮈, 『이방인』 서평 분석

3

서평을 분석하는 좋은 방법 중 하나는 같은 책을 읽고 여러 사람이 쓴 서평을 읽는 일이다. 같은 책을 읽고 여러 목소리를 내는 서평에서 우리는 좋은 서평과 부족한 서평을 가늠할 수 있는 눈이 생기게 된다. 또 부족한 서평에는 무엇을 보완하면 좋은지도 알 수 있게 된다. 다음은 알베르 카뮈의 소설 『이방인』을 읽고 쓴 세 편의 서평이다. 차례대로 문학평론가, 소설가, 장애인 인권 정책가의 서평이다.

### 예시1) 문학평론가의 글

① 〈이방인〉은 처음으로 잃어버린 책이다. 도서관에서 빌린 책이 었는데 찾지 못해서 변상하고 이후 집 어딘가에서 발견했다. 이 책에 얽힌 사연은 〈이방인〉이 말하고자 하는 무엇과 맞닿아 있

을지도 모른다. 잃어버렸다고 생각하지만 처음부터 거기 있었던 것, 혹은 처음부터 거기 있었으나 온통 잃어버렸다고 생각하게 되는 것.

② 〈이방인〉은 판정대에 오른 한 남자의 이야기이다. 뫼르소는 그의 어머니가 요양원에서 사망한 뒤 장례를 치르고 친구들과 어울려 놀다가 우연하게 친구를 미행하던 한 남자를 실수로 쏘아죽이고 재판에 회부된다. 뫼르소는 어머니의 죽음에 슬퍼하지 않고 연인 마리의 결혼하고 싶다는 말에 그녀가 원한다면 그럴 수도 있고 결혼은 그저 별것 아니라고 생각한다.

③ 그다지 관습에 들어맞지 않는 이러한 뫼르소의 세계관을 검사, 판사, 배심원은 이해하지 못한다. 재판정에서 뫼르소의 성격이나 세계관, 주관은 배제된다. 그들은 일련의 목적하에 뫼르소의 삶이란 '사실'에 인과관계를 부여하려고 애쓴다. 이때 인과관계는 뫼르소 외 다수의 '문법'이다. 행위의 주체와 무관하게 타인이 판별하고 합의할 수 있는 지점을 만들어내는 연결고리이다.

④ 뫼르소는 처음부터 그 자신의 그 자리에 있었는데 그의 삶이 판정단에 나열되는 순간 그는 인간성, 동정심을 잃어버린 존재로 취급된다. '산다'는 일이 지칠 때면 판정대에 선 뫼르소를 떠올린다. 나의 생각은 중요하지 않고 세간의 이해구조에 나의 이야기가 끼워 맞춰져서 나를 온통 잃어버린 것만 같은. 하지만 결국 삶

이라는 사건의 행위 주체는 '나'이다. '나'라는 사실을 두고 모두
가 나를 재단할지라도 어떤 '진실'만큼은 나만이 가지고 있다고
믿는다.[1]

위의 글은 문학평론가가 쓴 서평이다. ②에서는 책의 내용을 간략하
게 전달하고 ①에서 글쓴이는 이 책의 주제가 "잃어버렸다고 생각하지
만 처음부터 거기 있었던 것, 혹은 처음부터 거기 있었으나 온통 잃어버
렸다고 생각하게 되는 것"이라고 설명한다. 그에 대한 이유는 ③과 ④에
서 자세히 밝히고 있다. 그러니까 인간의 삶에서 "잃어버렸다고 생각했
던 것"은 원래 처음부터 그 자리에 있었던 것이라는 점이다. '나'라는 인
간은 원래부터 그 자리에 본래의 모습 그대로 있었는데 세상은 이런저
런 잣대로 '나'를 재단하고 판단하려 든다. 따라서 "'나'라는 사실을 두
고 모두가 나를 재단할지라도", '나'는 원래 "그 자리에 있었던 존재라는
진실만큼은 잊지 말자."라고 글을 마무리하고 있다. 이 글은 책이 가진
의미를 자신의 상황과 연결하여 잘 담아내고 있다. 더불어 서평가의 독
창적인 해석도 돋보인다.

### 예시2) 소설가의 글

① '실존주의'와 '부조리'라는 단어가 늘 따라 다니는 프랑스 작
가 알베르 카뮈. '실존'은 근대철학에서 매우 다양하게 쓰이기 때

---

1  선우은실, 「판정대에 선 사람」, (경향신문), 2017.6.22.

문에 한마디로 정의하기 어렵지만 까뮈의 실존주의는 철저한 인간 중심주의 문학을 가리킨다. 실존주의는 유신론과 무신론으로 나뉘는데 카뮈가 주장하는 것은 무신론적 실존주의이다.

② 부조리는 '조리에 맞지 않는다'는 단순한 뜻이지만 완전한 철학적 용어로 탈바꿈했다. 제2차 세계대전 직후 프랑스에서 인간 존재를 부조리의 산물로 보려는 견해가 나타났고 이를 문학적으로, 철학적으로 구현한 작가가 바로 알베르 카뮈이다.

③ 1957년 노벨문학상을 받은 까뮈의 작품 《이방인》을 읽을 때 실존주의니 부조리니 하는 것은 잊고 한 인간의 마음을 자연스럽게 따라가며 생각에 잠겨보길 권한다. 너무 유명한 작품이어서 자칫 평자들의 쏟아지는 규정이 오히려 독서를 방해할 수 있다.

④ 《이방인》은 1913년 프랑스의 식민지였던 알제리에 태어난 카뮈가 29세에 집필한 작품이다. 주인공 뫼르소는 혼자 지내는 걸 좋아하고, 감정 변화가 크지 않고, 뭘 해야 할지 잘 모르는 요즘 청년들과 닮았다. 성실하게 회사에 다니지만 매사 무관심한 뫼르소에게 양로원에서 지내던 어머니가 사망했다는 소식이 날아온다. 딱히 나눌 대화도 없고 더 이상 보살필 수도 없어 양로원에 보낸 어머니의 나이도 잘 모르고 슬픔을 표하지도 않은 뫼르소는 장례식을 무덤덤하게 치른다. 집으로 돌아와 해수욕장에 갔고 거기서 회사 동료였던 마리를 만나 함께 시간을 보낸다.

⑤ 마리가 "나를 사랑하나? 결혼하고 싶다"고 하자 뫼르소는 "사랑하진 않지만 결혼하자"고 답한다. '자신의 감정을 지나치게 솔직하게 드러내는' 뫼르소는 몇몇 사람들과 만남을 갖지만 대개의 경우 무관심하고 무덤덤하게 대한다. 그러면서도 도움을 주고 감정을 솔직하게 표현한다.

⑥ 주인공의 성격처럼 무덤덤하게 흘러가던 《이방인》은 이른바 '태양 살인'에서 급반전한다. 함께 놀러간 바닷가에서 옆집 레이몽의 권총을 보관하고 있던 뫼르소가 다툼이 있었던 사람과 다시 마주치게 되고, 그 사람이 칼을 빼드는 바람에 총을 뽑았고, 마침 태양 때문에 눈이 부셨던 것이 소설 상의 '팩트'이다.

⑦ 뫼르소가 재판을 받는 과정이 매우 흥미롭다. 그간 뫼르소가 무덤덤하게 행동한 것이 일부 무심한 증인들과 악착같은 검사에 의해 모두 악(惡)으로 치부되고, 솔직하게 드러낸 자신의 심경은 모두 유죄의 근거가 된다. 뫼르소에게 도움을 주려는 친구들의 증언이 채 펼쳐지기도 전에 싹둑 잘리는 재판 과정은 요즘 정국을 연상케 한다.

⑧ 사형 언도를 받고 죽음으로 불려갈 '새벽'을 두렵게 기다리는 뫼르소에게 신부가 찾아온다. 이 장면에서 카뮈는 자신이 하고 싶은 말을 독자에게 격렬하게 표현한다. 신부가 "인간의 심판은 아무 것도 아니고 하느님의 심판이 전부이니 죄의 짐을 씻어버려

야 한다"고 말하자 뫼르소는 "나는 범인으로 형벌을 받는 것이니 그 이상 더 나에게 요구할 수는 없다"고 답한다. 신부는 천국을 생각하라며 기도해 주려하지만 뫼르소는 "나의 인생과 닥쳐올 이 죽음에 대한 명확한 의식, 나에게 이것 밖에 없다. 이 진리를 굳게 붙들고 있는 내 생각은 옳다"고 말한다.

⑨ 독자들은 뫼르소가 신부를 향해 퍼붓는 말을 들으며 결정해야 한다. '정상 참작'을 받지 못한 남자 앞에 열린 명징한 새 세계에 동참할 것인지, 신부의 마지막 제안을 거절한 남자를 어리석다며 동정할 것인지.

⑩ 매사 무관심했던 뫼르소가 사형을 목전에 두고 새 세계에 눈 뜬 것을 행복해하는 이야기 《이방인》. 수많은 작품의 모티브가 되고, 다른 장르로 각색 되는 등 문학사에서 끊임없이 회자되고 있다. 평범한 남자가 불행으로 어이없이 떠밀려 들어가는 과정과 그 속에서 고뇌하는 모습을 통해 삶을 깊이 성찰해볼 수 있을 것이다. 부조리한 세상을 냉철한 인간의 의식으로 맞서야 한다고 주장한 카뮈. 삶이 그다지도 명징한 것인지, 신부가 말한 내세는 과연 공허한 것인지 각자 생각해볼 과제이다.[2]

위의 글은 소설가가 쓴 다소 긴 서평이다. 서평가는 ①,②에서 소설이

---

2 「알베르 카뮈, '이방인'」, (매일경제), 2017.3.10.

가진 시대적, 역사적 배경을 설명하고 있다. 카뮈가 말하는 실존주의가 무엇인지, 그것이 왜 나오게 되었는지를 언급하면서도 그러한 배경에 얽매이지 말고 자유로운 독서를 권한다고 ③에서 말한다. ④와 ⑤에서는 소설의 내용과 함께 주인공 뫼로소의 특징을 설명하고 ⑥에서 부터는 이 소설의 핵심적 주제인 '태양 살인'에 대해 다룬다. ⑦에서는 뫼르소의 재판 과정에서 드러나는 부조리함을 ⑧에서는 뫼르소가 사형 선고를 받고 감옥에서 신부와 만나는 장면을 보여준다. ⑨에서 서평가는 뫼르소의 선택에 대한 판단을 독자에게 요구한다.

⑩에서 서평가는 이 소설은 "사형을 목전에 두고 새 세계에 눈을 뜬 것을 행복해하는 이야기"라고 정리하고 있지만, 뫼르소가 어느 상황에서 무엇 때문에 행복을 느꼈는지에 대한 서평가의 해석은 글 어디에서도 찾아볼 수가 없다. 그러면서도 "평범한 남자가 불행의 과정으로 어이없이 떠밀려가는 과정과 그 고뇌하는 모습을 통해 삶을 깊이 성찰해 볼 수 있을 것"이라고 하는데, 서평을 읽는 독자는 뫼르소가 무엇을 고뇌했고 우리는 어떤 성찰에 가까이 다가갈 수 있는지는 파악하기가 어렵다.

이 글은 위에 나열한 것처럼 지나치게 책에 대한 상세한 설명을 하고 있다. 그러면서도 인물의 생각과 행동의 의미를 서평가가 적당하게 해석해내지 못하고 있다. 독자는 이 책이 어떤 의미와 가치를 가지는지 그 무게를 가늠할 수 없고 그저 소설 『이방인』에 대한 줄거리만 소상히 알게 될 뿐이다. 따라서 이 글은 좋은 서평에 요건에는 턱없이 부족한 서평이라고 밖에 볼 수 없다.

## 예시3) 장애인 인권 정책가의 글

① 결정적 순간에 권총을 들어 방아쇠를 당기는 뫼르소. 그는 살인의 이유를 번쩍거리는 태양 빛 때문이라고 말한다. 스무 살을 갓 넘기고 읽은 이 책은 한마디로 충격이었다. 카뮈는 이 소설 하나로 현대인의 실존을 정확하고 날카롭게 표현하고 있다. 뫼르소는 세계에서 일어나는 사건이나 의미, 기호, 언어들이 낯설기만 하다. 현대사회에 툭 던져진 그는 알 수 없는 곳에서 날아온 이방인이다. 뫼르소는 다르게 보면 이 사회의 낙오자이다. 담배와 커피를 좋아하고 소리, 햇빛과 냄새에 예민하게 반응한다. 감각적이고 현상에 민감하다는 측면에서 이 사회를 복잡하게 살아가고 있는 우리들의 초상이기도 하다.

② 회사원 뫼르소는 어머니를 양로원에 보내고 일상적으로 살아간다. 어머니의 시신 앞에서 담배 생각이 나 피우고, 커피도 사양하지 않는다. 주변의 훌륭한 경치를 보고 "어머니의 장례식만 아니라면 산책하기에 얼마나 즐거울까"라고 생각한다. 그가 살인을 한 것은 어떤 적의나 심각한 원한 때문이 아니다. 그는 "태양 때문에"라고 답한다. 법정에서 이 답변은 인간성을 상실한 자의 문제적인 생각으로 여겨졌다. 읽는 순간 내 머리에서는 폭풍이 일어났다. 어머니의 죽음 후 슬픈 상태라고 해도 이해할 수 없었다.

③ 사회생활을 하면서 뫼르소를 서서히 이해할 수 있었다. 살아

가는 동안 무의미한 세상, 삶의 부조리를 어느 모퉁이에서 만날
때면 뫼르소는 연민을 불러일으키는 존재로 내 안에 들어와 있
었다. 그래도 세상이 의미 있을 것이라고 인간답게 살기 위해 노
력하리라 다짐하지만, 이방인이 가끔 찾아오는 것을 막지는 못할
것 같다.[3]

위의 글은 장애인 인권정책가의 글이다. 첫 문단부터 책의 핵심부로
깊숙이 들어가면서 시작한다. 주인공 뫼르소는 이 세계에 던져진 이방
인 같은 존재이며 그 모습에서 우리들의 초상을 발견한다고 말한다.
②에서 서평가는 뫼르소의 행동을 도저히 이해할 수 없다고 고백한다.
그러나 ③에서 서평가는 사회생활을 하면서 비로소 뫼르소를 "서서히
이해할 수 있었다."라고 말한다. 그것은 "무의미한 세상"에서 어떻게 살
아야하는 가에 대한 고뇌이면서, 인간답게 살기위한 노력과 다짐이라고
말하지만 언제든 이방인은 자신에게 "가끔씩 찾아온다."라고 말하면서
이방인이 가진 상징적의미를 해석한다.
이 글은 "이방인"과 "태양살인"이라는 굵직한 키워드로만 압축적으로
전개했다. 그래서 이 책을 읽지 않았거나, 내용을 모르는 독자가 읽기에
는 어려움이 있을 수 있지만, 군더더기 없이 핵심만 추려낸 읽기가 소설
『이방인』에 대해서 충분히 아는 독자에게는 유익한 생각거리를 던져주
는 서평이라 할 수 있다.
이 글은 책의 내용을 알기 쉽게 설명하지는 못했고 책이 가진 의미와

---

3  현근식, 「부정 못할 '현대인의 초상'」, (경향신문), 2017.5.10.

가치를 밝혀낸 부분도 부족하지만 "이방인"에 대해 서평가의 경험에 비추어 나름의 해석을 해낸 점은 돋보인다.

**부록**

## 서평쓰기에 도움이 되는 책

- 『길 위의 독서』, 전성원, 뜨란, 2018
- 『읽거나 말거나』, 비스와바 쉼보르스카, 봄날의책, 2018
- 『살다, 읽다, 쓰다』, 김연경, 민음사, 2019
- 『반대자의 초상』, 데리이글턴, 이매진, 2010
- 『삐딱한 책 읽기』, 안건모, 산지니, 2017
- 『정희진처럼 읽기』 정희진, 교양인, 2014.
- 『탐서주의자의 책』 표정훈, 마음산책, 2004.
- 『느낌의 공동체』 신형철, 문학동네, 2011.
- 『정확한 사랑의 실험』 신형철, 마음산책, 2014.
- 『아주 사적인 독서』 이현우, 웅진지식하우스, 2013.
- 『로쟈의 인문학 서재』 이현우, 산책자, 2009.